L'EXÉCUTEUR

OURAGAN SUR LE LAC MICHIGAN

DÉJÀ PARUS

- N° 1 : *Guerre à la Mafia*
- N° 2 : *Massacre à Beverly Hills*
- N° 3 : *Le masque de combat*
- N° 4 : *Typhon sur Miami*
- N° 5 : *Opération Riviera*
- N° 6 : *Assaut sur Soho*
- N° 7 : *Cauchemar à New York*
- N° 8 : *Carnage à Chicago*
- N° 9 : *Violence à Vegas*
- N° 10 : *Châtiment aux Caraïbes*
- N° 11 : *Fusillade à San Francisco*
- N° 12 : *Le blitz de Boston*
- N° 13 : *La prise de Washington*
- N° 14 : *Le siège de San Diego*
- N° 15 : *Panique à Philadelphie*
- N° 16 : *Le tocsin sicilien*
- N° 17 : *Le sang appelle le sang*
- N° 18 : *Tempête au Texas*
- N° 19 : *Débâcle à Détroit*
- N° 20 : *Le nivellement de New Orleans*
- N° 21 : *Survie à Seattle*
- N° 22 : *L'enfer hawaiien*
- N° 23 : *Le sac de Saint Louis*
- N° 24 : *Le complot canadien*
- N° 25 : *Le commando du Colorado*
- N° 26 : *Le capo d'Acapulco*
- N° 27 : *L'attaque d'Atlanta*
- N° 28 : *Le retour aux sources*
- N° 29 : *Méprise à Manhattan*
- N° 30 : *Contact à Cleveland*
- N° 31 : *Embuscade en Arizona*
- N° 32 : *Hit-parade à Nashville*
- N° 33 : *Lundi linceuls*
- N° 34 : *Mardi massacre*
- N° 35 : *Mercredi des Cendres*
- N° 36 : *Jeudi justice*
- N° 37 : *Vendredi vengeance*
- N° 38 : *Samedi minuit*
- N° 39 : *Traquenard en Turquie*
- N° 40 : *Terreur sous les Tropiques*
- N° 41 : *Le maniaque du Minnesota*
- N° 42 : *Maldonne à Washington*
- N° 43 : *Virée au Viêt-Nam*
- N° 44 : *Panique à Atlantic City*
- N° 45 : *L'holocauste californien*
- N° 46 : *Péril en Floride*
- N° 47 : *Épouvante à Washington*
- N° 48 : *Fureur à Miami*
- N° 49 : *Échec à la Mafia*
- N° 50 : *Embuscade à Pittsburgh*
- N° 51 : *Terreur à Los Angeles*
- N° 52 : *Hécatombe à Portland*
- N° 53 : *L'as noir de San Francisco*
- N° 54 : *Tornade sur la Mafia*
- N° 55 : *Furie à Phoenix*
- N° 56 : *L'opération texane*

DON PENDLETON

L'ÉXÉCUTEUR
OURAGAN SUR LE LAC MICHIGAN

Photo de couverture : PICTOR INTERNATIONAL

La loi du 11 mars 1957 n'autorisant, aux termes des alinéas 2 et 3 de l'article 41, d'une part, que les *copies ou reproductions strictement réservées à l'usage privé du copiste et non destinées à une utilisation collective*, et d'autre part, que les analyses et les courtes citations dans un but d'exemple et d'illustration, *toute représentation ou reproduction intégrale ou partielle, faite sans le consentement de l'auteur ou de ses ayants droit ou ayants cause, est illicite* (alinéa 1er de l'article 40). Cette représentation ou reproduction, par quelque procédé que ce soit, constituerait donc une contrefaçon sanctionnée par les articles 425 et suivants du Code pénal.

© 1985, PLON/HUNTER.
ISBN : 2-259-01382-1

CHAPITRE PREMIER

Dans le cercle verdâtre du télescope de visée nocturne spécialement adapté sur le M.16, Mack Bolan distinguait parfaitement le visage bouffi et luisant du géant. Bouche lippue, nez en forme de tubercule, minuscules yeux noirs, cruels, attentifs. L'Exécuteur imprima un léger mouvement à l'arme, prit le deuxième flingueur dans la visée. Plus petit et moins gros, celui-là ressemblait à Buster Keaton. En plus blafard, plus triste et beaucoup moins drôle. Sur les deux hommes, Phil Necker s'était montré précis. Les gorilles de Dick Manoli, le *sotto-capo* de *Big-Rock* Roberto Rosario, n'étaient pas des plaisantins. Ils n'avaient jamais raté une cible, ne s'étaient jamais laissé surprendre. Mais, tapi au troisième étage de cet immeuble en construction de Cass Avenue, vêtu de sa sinistre combinaison noire, l'Exécuteur était invisible. Il se confondait dans l'ombre épaisse d'un living inachevé au béton encore humide. Patient, il attendait la sortie de Manoli, ignorant la présence du chauffeur immobile derrière le volant de la longue Cadillac gris acier, se contentant d'observer tranquillement les faces verdâtres des deux gorilles à travers le *Startron* et les glaces *Securit* des portes du grand hall.

 Big-Rock soignait décidément l'image de marque de sa jeune maîtresse. Dans cet immeuble de luxe, la location du moindre studio devait coûter plus cher que la paye mensuelle d'ouvrier du père de Manuela Cortès. Pourtant, la Général Motors ne sous-payait pas son personnel. Simplement, le vieux Cortès travaillait de ses mains et sa fille exploitait ses jeunes charmes. Gras et laid, *Big-Rock* savait se montrer généreux quand il s'agissait de son plaisir. Son talon d'Achille : les jeunes beautés, de préférence issues du milieu ouvrier. Il aimait éblouir, jouer au Pygmalion, punir également, quand les choses ne tournaient pas rond. Aussi, Manuela prenait-elle un risque important en couchant avec Manoli. Une fois par semaine, le samedi soir seulement, quand Manoli venait la chercher pour la conduire à la villa de son patron. Un très gros risque. L'année précédente, une certaine Kate, tout juste âgée de 18 ans — la *fille du mardi* — avait transgressé les interdits en s'envoyant en l'air avec un étudiant de *l'Institute of Arts*. Quelques jours plus tard, on avait retrouvé son cadavre horriblement mutilé dans la *Detroit River*. Et *Big-Rock* n'avait évidemment jamais été inquiété. Le *mafioso* savait distribuer les primes autour de lui. Y compris aux flics qu'il avait dans la manche.

 Bolan sourit dans l'ombre. Ce soir, Manuela ignorait à quel point il allait lui rendre service. Elle ignorait aussi qu'il lui faudrait bientôt recruter un autre amant de cœur. A moins que Manoli n'ait une chance insolente. Mais l'Exécuteur avait décidé de ne lui en laisser aucune. Pas plus qu'aux autres.

Depuis le jour maudit au cours duquel la mafia avait anéanti sa famille, Bolan le soldat avait déclenché une guerre sans merci contre l'*Organized Crime*. Sans jamais relâcher sa haine glacée, il avait tué. Il tuerait encore et encore. Peut-être jusqu'à sa propre fin. Une mort qui n'aurait sûrement pas lieu dans un lit. Il s'en moquait, n'avait pas peur, accomplissait sans relâche son inlassable croisade... sa raison de vivre. Par fidélité au souvenir des siens, de la petite sœur si fragile, si aimante, si désespérément absente désormais.

Alors, une nouvelle fois, l'Exécuteur attendait sa proie.

*
**

— Magne-toi, bordel ! Le gros va finir par se douter de quelque chose.

Manuela leva un regard en coin en direction du beau Dick. Sous les interminables cils noirs, les yeux verts de chatte moqueuse dévisageaient le *mafioso*. Bien sûr, Dick avait cette beauté rare de certains latino-américains, quand ils se mettent à cumuler toutes les formes de charme. Un visage aux angles parfaits, un regard de velours, des sourires à damner un bataillon de couventines, une voix profonde et douce qui savait murmurer les mots souhaités. Sauf quand, comme ce soir, il songeait au sort que lui réserverait *Big-Rock* s'il découvrait le pot aux roses. Sans doute Dick Manoli était-il un peu lâche, mais il était si beau et si bon amant !

La jeune femme réprima un soupir empreint des souvenirs de leur toute dernière et trop brève étreinte, acheva d'envelopper ses magnifiques seins dans les balconnets du soutien-gorge. Puis, avec une merveilleuse impudeur, elle quitta le grand lit aux draps de soie noire sur lequel elle était agenouillée, enfila trop lentement un minuscule slip en dentelle également noire.

— Ça ne te gêne pas, que j'aille retrouver ce gros porc ? demanda-t-elle en s'asseyant devant sa coiffeuse tout en glace.

Il grogna sans répondre, acheva d'enfiler sa veste sur le holster renfermant son revolver, un .38 nickelé au canon de deux pouces. Il sortit un Davidoff de sa poche intérieure, l'alluma avec des gestes d'officiant religieux, rejeta la lourde et capiteuse fumée avant de planter son regard velouté dans celui de sa maîtresse par le truchement du miroir.

— Le gros porc, comme tu dis, il est en train de me balancer toutes ses grosses combines syndicales. Il veut que je le seconde. Quand j'aurai emmagasiné un max d'informations, je lui ferai sa fête pour prendre sa place. Pas avant. Si près du but, ce serait trop con. D'abord, tu as couché avec lui bien avant que je te bascule, ma poulette. Le cocu, c'est donc pas moi. Si tu vois ce que je veux dire.

— Quand même, sourit Manuela d'un air gourmand. Je me demande comment tu peux...

— La ferme et magne-toi le train. Sinon, *Big-Rock* risque de se poser des questions. Si des soupçons lui venaient, tu serais la première à morfler.

D'un geste irrité, il lui jeta la robe légère qui s'était répandue en corolle au pied du lit, grogna encore en lâchant un peu de fumée :

— Rapplique, ou je t'éjecte à poil.

Trois minutes plus tard, ils pénétraient dans l'ascenseur. Quinze secondes de descente, une ultime et rapide étreinte volée, les panneaux glissèrent silencieusement. Aussitôt, les deux gorilles aux aguets jaillirent de chaque côté de la cage, main droite enfouie sous la veste. Sur un signe de Dick, ils passèrent devant lui, se dirigèrent vers la double porte vitrée. « Buster Keaton » poussa l'une d'elles, dégagea à demi un gros automatique G.P. Vigilant Browning de sa ceinture de pantalon et passa le buste à l'extérieur, adressant un signe au chauffeur de la Cad' métallisée. Le moteur à peine audible du véhicule se fit entendre et « Buster Keaton » quitta enfin le hall pour aller ouvrir la portière arrière. La montagne de muscles qui « couvrait » le couple attendit patiemment qu'un groupe de jeunes soit passé pour adresser un signe à son patron resté derrière lui. Celui-ci poussa Manuela en avant.

— Grimpe dans la tire, grogna-t-il. On est à la bourre.

Dick et la jeune femme eurent le temps d'effectuer trois enjambées en direction de la limousine avant que « Buster Keaton » pousse un petit cri bref et étranglé. Tel un pantin désarticulé, il lança les deux bras vers le ciel, tandis que de sa tête brutalement rejetée en arrière jaillissait un flot de sang rendu presque noir par la nuit. La balle de .223 à mouvement pendulaire lui avait fait éclater une partie du front, et son œil droit se balançait mollement sur sa pommette ensanglantée, pendu au bout du nerf optique. Le deuxième gorille poussa une exclamation sourde ; son .45 automatique jaillit dans son énorme poing. Il eut à peine le temps de comprendre qu'il n'arrivait pas à localiser le tireur. Il reçut un formidable choc en plein crâne, recula d'un demi-pas, brandit son arme comme un trophée et pressa la détente dans un geste réflexe. Il n'eut pourtant pas le loisir d'entendre la formidable détonation. Toujours debout, il était déjà mort. Manuela poussa un cri étranglé. Regard halluciné, elle suivait la lente chute du grand corps, tétanisée. Près d'elle, tandis qu'un groupe de passants s'approchait, Dick Manoli émit un juron en arrachant le .38 du holster. Il venait seulement de comprendre ce qui arrivait. D'un bond, il fut sur Manuela, l'attrapa par le buste, plaqua le jeune corps souple contre lui, à la manière d'un bouclier. Manuela cria encore et, à dix mètres, les piétons s'immobilisèrent dans des poses diverses. A cet instant, la circulation sur Cass Avenue eut un temps mort et un brutal silence s'abattit sur la scène.

— Salaud!

Manuela venait de lancer l'insulte. A voix basse, presque comme une supplique. Sans conviction, elle se débattait faiblement pour échapper à la pression du bras de son amant. Celui-ci souffla dans sa nuque :

— La bagnole. Vite!

Mais Manuela était paralysée. Son corps était glacé et ses jambes se dérobaient. Elle émit un gémissement, tenta une ruade sans effet, siffla enfin entre ses lèvres blêmes :

— Espèce de fumier.

— Ta gueule. Avan...

Dick Manoli n'acheva pas son ordre. Une .223 fit exploser son œil droit qui venait de se découvrir au-dessus de la tête de Manuela, ressortit dans sa nuque, accompagnée d'un geyser de sang, de cervelle, d'os et de cheveux. Autour de Manuela, son bras se crispa un bref instant, lâcha prise, battit l'air dans un mouvement syncopé, tandis que son autre main s'ouvrait sur le .38 qui sonna contre le trottoir. Il fit un pas en arrière, dardant son orbite éclatée sur l'immeuble en construction, exactement au niveau du troisième étage. Comme si, dans la mort, il pouvait voir le visage de celui qui venait de le tuer. Puis, d'un seul coup, il bascula en arrière, tomba tout raide, ne bougea plus. Immobile, enlisée dans son cauchemar, Manuela ressemblait à une statue. Autour de ses longues jambes dorées, la soie légère de sa robe flottait comme une fumée en volute. A travers le tumulte de ses pensées, elle perçut encore un choc sourd. Atteint d'une balle derrière l'oreille gauche, le chauffeur de la Cadillac s'était affalé sur son volant. Propulsé en avant, son front avait heurté le pare-brise et du sang s'étalait sur le verre feuilleté. Des cris s'élevèrent autour de la jeune femme et elle battit des cils, donnant l'impression d'émerger d'un lourd sommeil. Elle baissa les yeux, vit du sang sur le devant de sa robe claire, émit une sorte de hoquet, eut une réaction imprévisible. Pivotant brusquement, serrant sa pochette pailletée contre sa poitrine, elle se rua vers l'entrée de l'immeuble et disparut dans le hall. Si elle avait eu l'idée de relever le courrier de sa boîte aux lettres, elle aurait été surprise d'y trouver une mystérieuse médaille, mais elle ne le fit évidemment pas.

Bien que plongé dans l'obscurité totale du futur living au béton humide, l'Exécuteur avait démonté le réducteur de son et une partie du M.16, avec les gestes experts de l'habitude. Il enfourna le tout dans un sac en cuir noir, suspendit ce dernier à son épaule, et, sans un regard vers l'avenue où gisaient les quatre cadavres, il quitta discrètement les lieux. Un escalier inachevé l'amena au rez de jardin en chantier. Silencieux comme un fauve, il sauta des amoncellements de gravats, gagna la palissade au-delà de laquelle le char de guerre déguisé en mobil-home était garé. Un instant plus tard, il grimpait dans la cabine, gagnait le module opérationnel. Un témoin vert lumineux clignotait sur la console du complexe radio-téléphone. L'enregistreur avait emmagasiné un message. Il effleura un clavier digital de l'index, attendit que la bande soit revenue à son début, puis déclencha l'écoute :

— *Stricker, rappelle-moi d'urgence.*

C'était la voix de Brognola. Bolan lança le moteur Toronado du mobil-home qu'il éloigna à plus d'un kilomètre des lieux. Puis, à l'arrêt sur un parking, il s'installa devant le bloc radio-téléphone, appela le central de Detroit et demanda le numéro de son ami.

— *Ouais!* fit le chef fédéral d'une voix enrouée.

L'Exécuteur esquissa un vague sourire.

— Je te réveille ?

— *Tu parles ! Je n'espérais plus t'entendre.*

Bolan redevint sérieux, conseilla :

— Colle-toi sur S.C.R.

Sans attendre, il enclencha la commande du système *Scramble*, le codeur-décodeur qui permettait de converser à l'abri des oreilles indiscrètes. A Washington, Brognola en faisait autant.

— Tu venais aux nouvelles ? attaqua l'Exécuteur.

— *Tu parles ! C'est plutôt à moi d'en donner.*

Bolan se pencha, intéressé.
— A propos de quoi ?
— *Tu devrais dire, de qui.*
— Vas-y, Hal.

Un petit silence, à peine troublé par le chuintement électronique du *Scramble*, puis :
— *Sandro Carnero. Ça te dit quelque chose ?*

L'Exécuteur réagit aussitôt :
— Le vieux Carnero ? *Blue Diamond ?*
— *En nerfs et en vieux os. Il entre dans la danse.*
— Comment ça ?
— *Il vient d'arriver à Detroit.*
— Je le croyais rangé des voitures. Il a au moins soixante-dix...
— *Soixante-quatorze ans,* rectifia le fédé. *Le vieux tigre reprend du service. Contre l'avis de la Commissione. Clandestinement, si je puis dire.*
— Comprends pas.
— *Simple. Il estime que Roberto Rosario ne lui succède pas dignement.*

Bolan eut un rire bref, continua d'écouter.
— *Carnero, c'était la prohibition, puis le trafic des armes, la prostitution et la fausse monnaie. Je ne t'apprends rien. Il n'a jamais voulu toucher la drogue et encore moins la politique. A son époque, il s'était contenté de structurer certains syndicats de l'automobile, de prendre des affaires en main, quoi. Mais, toujours dans le respect des intérêts U.S. Son côté patriote, si tu vois...*
— Je commence à comprendre. La combine politico-syndicale de son successeur lui déplaît et il cherche à redresser la barre.
— *Affirmatif, vieux.* Blue Diamond *se reposait dans son ranch californien quand il a entendu parler de la filière cubaine organisée par* Big-Rock. *Il a sauté*

dans le premier avion pour New York et s'est amené à la Commissione en hurlant. Là-haut, ils ont bien essayé de le raisonner, mais rien n'y a fait. Il s'est précipité à Kennedy-Airport où l'attendait déjà une armée de vieux fidèles rameutés par téléphone sur tout le territoire. Des durs du temps jadis et tout un escadron de jeunes loups alléchés par le gâteau de Big-Rock. Ceux-là rêvent d'en découdre et de s'approprier Detroit, après avoir remis Carnero sur la touche. Tu me suis ?

— Cinq sur cinq.

— O.K. Tu sais le principal. Une occasion unique de te faire un tableau de chasse du tonnerre. Mais je peux pas raconter ma vie par téléphone. Ça prendrait trop de temps. On t'expliquera la suite de vive voix.

— Qui ?

— Phil. En tant que délégué de la Commissione, il est sur les talons de Blue-Diamond et de ses lanciers. En observateur, pour le compte des hautes sphères.

L'Exécuteur fronça les sourcils.

— C'est lui qui a arrangé le coup ?

— Oui. Il a réservé une chambre au Pontchartrain. Contacte-le dès demain matin. Avec prudence, on ne sait jamais.

Bolan esquissa une grimace. Depuis l'affaire de Houston (1), il fallait user de Phil Necker avec parcimonie. Un retour de bâton était toujours possible. Il promit de prendre toutes les précautions, coupa le contact, se débarrassa rapidement de la combinaison noire et de son armement, puis il se mit au volant et relança le gros moteur. Pour plus de prudence, le char de guerre passerait la nuit dans un des gigantesques parkings de la périphérie.

---

(1) Lire : Tornade sur la Mafia. L'Exécuteur N° 54.

Tout en conduisant, l'Exécuteur ordonnait dans sa tête les nouveaux éléments appris de la bouche de Brognola.

Son nouveau *Blitz* de Detroit menaçait d'évoluer vers la guerre à outrance. Ce qui n'était pas fait pour lui déplaire.

CHAPITRE II

— C'est cette vieille ordure ! C'est un coup de cet enfoiré de Carnero !

Roberto Rosario avait littéralement hurlé et Corani, son deuxième *sotto-capo*, ne sut pas vraiment si c'était sous l'empire de la fureur ou sous la pression des énormes mains du masseur noir qui lui frappait le dos de toutes ses forces. Avec la couche de graisse blafarde qui enrobait l'immense corps du *mafioso*, il fallait de véritables marteaux-pilons pour espérer atteindre les muscles avachis. Allongé à plat ventre sur la table de massage qui flanquait le bord du *jakuzi* aux eaux bleues bouillonnantes, une serviette pudiquement repliée sur son énorme fessier poilu, *Big-Rock* ressemblait à une baleine échouée sur une grève. Plantée directement sur ses larges épaules blêmes, sa tête entièrement chauve et luisante dodelinait rageusement et ses petits yeux porcins aux iris d'un noir de jais fusillaient Corani. Mais celui-ci avait l'habitude des fureurs de son *boss*. Elles le rassuraient presque. Car c'était dans ses rares périodes de calme, lorsque sa forte voix râpeuse retombait pour ne former qu'un sourd murmure, que *Big-Rock* était vraiment dangereux. Dans ces moments-là, il était capable de déclencher de véritables tueries. Un mot de lui à son *caporegime*, le ténébreux Donato, et les morts pouvaient se compter par dizaines.

— Appelle-moi Donato, hurla encore le *mafioso* en grimaçant sous les coups de son masseur. Qu'il rapplique au galop. Je vais montrer à ce vieux con de Carnero comment je m'y prends avec les emmerdeurs.

Sans un mot, Corani quitta la salle de gymnastique où *Big-Rock* ne faisait jamais de sport. Seuls, le matin de bonne heure, Donato et ses douze *soldati* s'y entraînaient aux agrès et aux sports de combat. Deux minutes plus tard, l'imposante silhouette d'un quadragénaire au visage glacé et grêlé de petite vérole s'inscrivait dans le cadre de la porte. D'un vague coup de pied, *Big-Rock* chassa le masseur.

— Fous le camp, toi. Et toi, dit-il au géant Donato, amène-toi et ouvre tes oreilles.

**
*

Le char de guerre était stationné dans Porter Street déserte à cette heure matinale, depuis environ un quart d'heure, quand la Rover de location se gara non loin. Une petite pluie tiède mouillait l'asphalte et le vent soufflant des lacs faisait voler les papiers gras. De la cabine du *van*, Bolan pouvait observer les environs. La Rover n'avait pas été suivie. Quand Necker s'installa sur le siège passager, l'Exécuteur lui dédia un petit sourire de bienvenue, démarra en douceur. Le véhicule tourna dans la Dixième rue, la remonta en direction de Michi-

gan Avenue et le Tiger Stadium. La pluie s'épaississait et les essuie-glaces entrèrent en action.
— Bon voyage ? demanda sans humour l'Exécuteur.

Le fédéral fit la grimace. Les voyages aériens représentaient pour lui un véritable supplice. Pas vraiment le mal de l'air. Simplement l'appréhension. Il risqua un regard désenchanté vers les façades grises et humides, grogna :
— Touristiquement parlant, ça ne valait pas le déplacement.

Bolan sourit.
— Qu'est-ce qui t'amène exactement ?
— J'ai l'impression que ça va bouger dans pas longtemps, laissa tomber la taupe fédérale auprès de la *Commissione*. *Big-Rock* ne laissera jamais le vieux *Diamond* marcher sur ses plates-bandes.

Il grimaça encore, ce qui tendit son visage ascétique de pasteur sévère, ajouta :
— Et comme Carnero va vouloir mettre les pieds dans le plat, ça risque de tourner au vinaigre. Il a levé une véritable armée.
— Je sais. Hal m'a raconté. Seulement, tout ça arrive un peu trop tard.

Regard étonné de Necker.
— Comment ça ?

L'Exécuteur négocia son virage dans Michigan Avenue, avant d'expliquer :
— Une guerre à outrance entre Rosario et Carnero aurait apporté de l'eau à mon moulin. Chacun d'eux aurait fait le boulot à ma place. J'aurais simplement compté les morts et terminé en liquidant les derniers rescapés.
— Je ne comprends toujours pas, hasarda le fédéral. Qu'est-ce qui change la situation ?

— Mon *Blitz* de cette nuit.
Un petit silence, puis Necker laissa tomber :
— Je vois. Tu as signé le coup.
— Simplement déposé une enveloppe contenant une médaille dans la boîte aux lettres de Manuela. Avec une carte portant le nom de Rosario. Elle va s'empresser de lui faire parvenir le message. Si ce n'est déjà fait.
— Hum, hum, fit sobrement le fédéral.
Il lui lança un regard aigu.
— Ça t'ennuie vraiment, qu'ils ne te piquent pas ton boulot ?
Une ombre de sourire erra sur les lèvres de Bolan. Le *van* passa devant l'I.R.S. Building, tourna à droite, en direction du Shelby Hotel et Bolan demanda :
— Tu me fais un petit historique ?
Necker n'attendait que ça. De sa voix impersonnelle et sèche, il se lança :
— Comme je te l'ai dit, *Big-Rock* s'est jeté dans un grand coup syndical. Le F.B.I. connaît son commanditaire : Martinez. Un marchand d'armes proche des Cubains. Rouge à n'en plus pouvoir. Spécialiste de la déstabilisation. Il a notamment opéré au Nicaragua où il fournissait des armes aux deux camps.
— Communiste, mais commerçant, commenta Bolan.
— Ça existe aussi, renvoya le fédéral. Aussi, quand, au cours d'un séjour de loisirs à Nassau, il a rencontré Rosario, lui a-t-il proposé un marché juteux.
— Grâce à ses activités « syndicales », Rosario devait permettre à certains Cubains réfugiés en Floride de trouver des emplois dans les usines

automobiles de Detroit, notamment à la G.M., hasarda Bolan.

— Exact. A ceci près que les réfugiés en question n'en sont pas. Au cours du grand exode qui vit des milliers de Cubains demander l'asile politique aux States, les autorités castristes se sont arrangées pour glisser parmi eux quelques centaines de faux réfugiés. Des vrais communistes. Prêts à tout pour servir la Cause, endoctrinés jusqu'à l'os. Leur mission, déstabiliser l'économie américaine par tous les moyens.

— Et c'est là qu'intervient Rosario. Première fois que j'ai connaissance d'un *mafioso* communiste, ironisa Bolan.

Pris par son sujet, Necker laissa la plaisanterie de côté, poursuivit :

— Grâce à la *Cosa Nostra* il utilise les filières du trafic de drogue et des armes pour faire « monter » les castristes dans le nord. Là, il leur trouve du boulot dans les industries automobiles de Detroit. Ce qu'ils font ensuite ne le regarde plus. Il a fait son sale boulot, a été payé et oublie tout.

— Bien payé ?

— On n'appâte pas un Rosario avec des cacahuètes.

— Comment le F.B.I. a-t-il appris tout ça ?

Necker eut une moue modeste, expliqua pudiquement :

— Les mouchards existent partout. Y compris chez les Cubains. Un concurrent direct de Martinez. Un peu jaloux, un peu vénal aussi. Sans doute rêve-t-il de voir Martinez coincé par les fédés. Ça lui laisserait le marché libre.

— Et ce Martinez, pas moyen de l'avoir ?

Necker fit la moue.

— Intouchable. Très hautes protections politiques et militaires. N'oublions pas qu'il vend des armes dans le monde entier et que l'Oncle Sam est lui-même un très gros fabricant.

— Ouais, grogna Bolan. Et Rosario ?

Haussement d'épaules du fédéral.

— Manque de preuves, fit-il, fataliste. Lui-même n'intervient officiellement nulle part. Les arrestations se limiteraient aux sous-fifres. Encore faudrait-il prouver aussi que les Cubains mis en place dans les usines de Detroit se livrent effectivement à des activités répréhensibles. Dans le domaine de la déstabilisation, rien n'est précis, tout est sournois. Notre Constitution est désarmée devant ce genre de problème.

— Il reste donc une seule solution ?

Un petit silence, puis, étrangement souriant, Phil Necker se tourna vers l'Exécuteur. Dans son regard flottait une lueur amicale. Depuis Houston, leurs rapports avaient évidemment légèrement changé.

— Un *mafioso* mort, c'est toujours un *mafioso* de moins, déclara-t-il, sans même baisser le ton.

C'était la première fois qu'il abondait ainsi ouvertement dans le sens de Bolan. Et, dans ses yeux subitement redevenus froids et distants, il y avait comme une caution tacite. Bolan secoua la tête.

— Alors, tout est O.K. On continue. Mais j'ai besoin de quelques tuyaux supplémentaires. Point de chute du vieux Carnero, composition de son équipe, etc.

Le *van* était redescendu jusqu'au Lafayette Bd et remontait en direction du Savage Memorial Park. Une balade qui permettait à Bolan de vérifier que personne n'avait suivi le fédéral. Plongé dans son sujet, Necker reprit :

— Une vieille demeure néo-classique à Royal Oak. A environ quinze kilomètres de Detroit. Un truc tout en briques, avec des colonnades, de hautes fenêtres à vitraux. Un Gouverneur du siècle dernier y a vécu. C'est lugubre à souhait et suffisamment discret. Le vieux pourrait y soutenir un siège.

— Effectifs ?

— Une quinzaine d'hommes, dont au moins huit jeunes fauves de la nouvelle génération de *mafiosi*. Des dingues de la gâchette. Les autres sont des anciens, fidèles au vieux. Ils se feraient descendre pour lui.

— Pourquoi Carnero n'a-t-il pas tout simplement envoyé un commando sur place ? Il faisait descendre *Big-Rock* et tout était dit.

Necker haussa les épaules sous la toile de son imper.

— Carnero a conservé les idées de sa splendeur passée. Un vrai chef est sur le terrain. Avec ses hommes. Ajoute à cette éthique un grain de sénilité et tu auras fait le tour du bonhomme.

— Je vois. Quel est son plan ?

— Des bruits circulent à la *Commissione*, indiquant qu'il souhaiterait convoquer Rosario chez lui pour lui signifier officiellement sa destitution. Si Rosario accepte de passer la main, les choses s'arrêteront là. Sinon, ce sera la guerre des gangs. Comme à l'époque héroïque de Chicago. Une guerre que le vieux ne déclenchera pas avant de l'avoir déclarée en bonne et due forme. Un peu comme tu le fais avec tes médailles. En fait, la convocation devrait être pour aujourd'hui.

— Rosario s'y rendra ?

— Tu parles ! Il sait ce que le vieux est venu faire. Il va lui envoyer ses *soldati*. Des gars plutôt efficaces. Leur *caporegime*, un certain Donato, est un super terrible. A mon avis, le vieux Carnero va se faire aplatir dès le départ. Avec son armée au complet.

— Et la *Commissione*, dans tout ça ?

— Elle attend que *Big-Rock* fasse le ménage. En fait, elle n'a rien à fiche d'un ancien grand *mafioso* devenu un peu dingue.

— Hum ! grogna l'Exécuteur. Et toi, qu'est-ce que tu fais dans cette histoire ?

Petit sourire glacé de Necker.

— En tant que *consigliere*, la *Commissione* m'a envoyé pour jouer le rôle de médiateur. Au cas où *Big-Rock* accepterait de discuter avec Rosario, j'interviendrais pour l'arbitrage. Le vieux n'aurait qu'à m'appeler pour que je débarque à Royal Oak. Mais je n'y crois pas. Ils vont s'entre-tuer et je n'aurai plus qu'à reprendre l'avion pour New York.

En disant cela, il avait levé les yeux au ciel d'un air accablé. Pour un type qui avait peur de l'avion, il voyageait vraiment beaucoup trop.

— Voilà, dit-il, alors que le char de guerre remontait doucement la Dixième rue, tu sais à peu près tout. Maintenant, c'est à toi de jouer. En principe, nous ne devrions plus avoir de contact ici. Tu me déposes ?

— Maintenant ?

Le fédéral hocha la tête.

— Je ferai le reste à pied. Ça fait longtemps que je manque d'exercice. Bonne chance, Mack.

L'homme du F.B.I. eut encore un léger sourire à l'adresse de celui qui lui avait sauvé la mise à Houston, sauta à terre en relevant le col de son imper. Bolan le vit se perdre dans la foule pressée sous la pluie, eut une fugitive lueur songeuse dans le regard, reprit enfin sa place dans la circulation déjà dense. Une fois encore, il préférait son rôle à celui du fédéral. Lui faisait la guerre, Necker prenait des risques énormes, sans pouvoir riposter en cas de danger. Dans de telles situations, les nerfs en prenaient un sacré coup. Phil Necker vieillirait un peu plus vite que lui.

Si les *amici* lui en laissaient le temps.

Quant à Bolan, une petite idée commençait à le démanger.

*
** *

— C'est là.

La voix grave de Donato venait de s'élever dans le dos du conducteur. Couvrant le ronronnement sourd de la grosse Lincoln, le crépitement de la pluie sur le toit devenait lancinant. Dans la voiture, il y eut des bruits métalliques. On armait les engins de mort. D'un œil critique, le gigantesque *caporegime* observait la haute grille fermant le parc. Au fond, à demi dissimulée derrière un bouquet d'arbres, la grande demeure en briques rouge sombre avait l'air sinistre des décors de film d'épouvante. Mais Donato n'avait jamais eu peur depuis la dernière raclée reçue de son vieux à l'âge de dix ans. Cette baraque n'était que l'endroit où il allait accomplir son boulot. Sur ce point, *Big-Rock* s'était montré précis. Il s'agissait d'une mission de représailles. Une action éclair, pas trop destructrice, juste pour intimider. Après ça, le vieux dingue rembarquerait ses troupes et tout serait dit. Rosario n'avait pas l'intention de mettre la région à feu et à sang. Il détestait les histoires avec les flics, y compris avec ceux qu'il avait achetés à prix d'or. Une guerre entre *mafiosi* faisait toujours mauvaise impression. On aurait pu croire que son autorité sur la ville lui était contestée. Un doute qui pourrait donner des idées à certains redresseurs de torts. Il en existait hélas toujours parmi les politicards d'une grande ville.

Le *caporegime* se pencha à la glace de portière derrière laquelle ruisselait la pluie, scruta les alentours. Quelques voitures en stationnement, des trottoirs vides, le calme d'un dimanche. Il battit de ses paupières étrangement exemptes de cils, frappa sur l'épaule du conducteur.

— On y va.

La grosse Lincoln se remit à rouler en douceur, décrivit une courbe, traversa l'avenue déserte bordée de hauts murs aveugles, présenta son capot devant l'imposante grille lourdement ouvragée. Le conducteur donna un coup d'avertisseur, garda sagement les mains sur le volant. A l'arrière, la grande carcasse de Donato semblait emplir toute la voiture. Il y eut un long temps d'attente, puis, comme jaillies de nulle part, deux silhouettes se profilèrent derrière les volutes de fer forgé. Deux visages de brutes apparurent sous des chapeaux sombres dégoulinants de pluie et le *caporegime* devina le canon d'un P.M. entre deux barreaux. Parfaitement décontracté, il abaissa sa glace de portière, se pencha légèrement à l'extérieur.

— J'ai un message de *Big-Rock* pour don Carnero.

Les larges faces grises conservèrent la même expression peu engageante. L'une d'elles se tendit entre les barreaux, une voix grincheuse s'éleva :

— Où il est, *Big-Rock* ?
— Chez lui, fit Donato. Il m'envoie à sa place.
— C'est quoi, son message ?

Donato se frappa le front comme sous le coup d'une brève confusion, prit un air d'excuse.

— Je l'ai ici. Attends.

Disant cela, il s'était reculé comme pour fouiller sa poche intérieure. A cet instant, deux minces silhouettes noires se redressèrent entre les deux sièges et tout se passa si vite qu'aucun des deux types de la grille ne comprit ce qui arrivait. Les canons des Thomson crachèrent en même temps. Eclairs et ogives brûlantes jaillirent. Les faces grises de brutes se déformèrent sous les impacts, éclatèrent, libérant des flots de sang. Un morceau de crâne orné de son toupet de cheveux noirs s'éleva dans l'air mouillé, à la manière d'une abominable soucoupe volante miniature, tournoya un instant, avant de ricocher sur le fer forgé et de retomber à l'extérieur. Donato put identifier ce qui venait de frapper le pare-brise avec violence.

C'était une moitié de mâchoire inférieure. Une des dents arrachées par les impacts avait légèrement écaillé le verre bleuté et la sinistre relique demeurait accrochée à un essuie-glace. Tandis que la limousine quitta majestueusement le lieu du massacre, le chauffeur estima que cela faisait désordre. D'un coup d'auriculaire, il actionna les balais et le lambeau de mâchoire finit par quitter son perchoir. D'un sourire, il apprécia la manœuvre, accéléra. Sur la glace, il restait juste un peu de sang.

La pluie ferait le ménage.

Son sourire se transforma en rire. D'un naturel plutôt gouailleur, il estimait que la vie pouvait être une partie de rigolade. A condition, bien sûr, de savoir la prendre dans ce sens. Aussi, quand le pare-brise encore souillé s'étoila en plusieurs endroits trouva-t-il que le gag des dents gratteuses était désopilant. Malheureusement, il n'eut guère le temps de goûter la plaisanterie jusqu'à son terme. Dans la même fraction de seconde, il entendit la voix de Donato éructer un juron et perçut un étrange bruit dans son crâne. Comme celui qu'aurait fait un morceau de bois en se brisant. Cela résonna dans sa tête, lui emplit les oreilles, la nuque, avant qu'il n'éprouve la très désagréable impression de courants d'air entre son front et sa nuque. Il mourut juste avant de réaliser que c'était exactement ce qui lui arrivait.

Déformée par l'impact, la 9 mm Parabellum était ressortie de son crâne en brisant la dernière vertèbre cervicale et quelques morceaux d'os se mêlèrent au sang et à la cervelle qui allèrent souiller le complet « tennis » de Donato. Celui-ci s'était rejeté sur le côté et brandissait le petit P.M. Franchi L.F.57 qui était jusqu'alors resté coincé derrière son dos. Déjà, ayant baissé les glaces de portières, ses deux flingueurs lâchaient les premières rafales.

N'importe où.

Ils ignoraient d'où étaient partis les coups de l'agresseur, cherchaient fébrilement à le localiser. A cet instant, il y eut un soudain grondement de moteur emballé et des pneus gémirent. Une vieille DeSoto bourrée de jeunes venait de surgir près d'eux et pilait sur place pour éviter la collision. Quelque part, une fille cria et, dans la Lincoln, on ne comprenait pas ce qui se passait vraiment.

Sauf Donato. Il avait enfin vu.

CHAPITRE III

L'Exécuteur avait enregistré la scène au quart de seconde. Arrivé quelques minutes plus tôt dans l'unique but de reconnaître le terrain, il avait vu la limousine stopper devant la haute grille, assisté au carnage, décidé d'agir à l'instinct. Au moment du repli des *mafiosi*, il avait ouvert sa glace, envoyé la première rafale d'Uzi. Puis cette voiture remplie de jeunes avait débouché de Summer Street sur les chapeaux de roue, et miraculeusement échappé à la riposte désordonnée des autres. Un formidable coup de chance... qui n'allait pas durer. La DeSoto avait pilé et des faces ébahies se tendaient aux portières. Ç'allait être le massacre. Mais la DeSoto offrait une diversion inespérée. Bolan déboîta brusquement, arracha le char de guerre au bord du trottoir. Uzi pointée entre l'acier du blindage de portière et la glace en *triplex*, il accéléra, fonça vers la Lincoln de laquelle dépassaient les canons d'armes. Devant lui, la lourde voiture emportée par son élan et privée de conducteur avait pris une trajectoire oblique en direction de la file clairsemée des véhicules en stationnement. Bolan fit passer le *van* à moins de vingt centimètres du capot des jeunes complètement sidérés, le lança dans la même ligne oblique en arrosant de l'Uzi. La lunette arrière de la voiture vola en éclats et Bolan aperçut une face émaciée, un regard plus étonné qu'affolé croiser le sien. Au beau milieu du front livide, une pastille rouge naquit, vomissant un jet de sang foncé. Le canon d'une Thomson retomba sur l'arête de la lunette, un second visage livide apparut, accompagné du canon noir menaçant d'un autre P.M. crachant déjà ses courtes flammes. L'Exécuteur envoya une brève rafale au moment où les premiers projectiles de 11,43 abîmaient la récente peinture et le nouveau pare-brise blindé du char de guerre (1). Le crâne déplumé du *mafioso* se volatilisa dans sa partie supérieure. Au même instant, Bolan distingua une lourde silhouette sombre qui sautait littéralement par-dessus le dossier du siège avant. Occupé à engager acrobatiquement un autre chargeur dans l'Uzi, il ne put faire feu immédiatement. Un temps mort que l'autre mit à profit pour reprendre les commandes de la Lincoln. Quand Bolan fut de nouveau opérationnel, la limousine avait pris une légère avance. Il pesa sur la pédale d'accélérateur, fit bondir le *van* en avant, se lança aussitôt dans une poursuite impressionnante. La mini-Uzi allait envoyer un dernier message de mort, quand, surgie d'une transversale, une Toyota blanche s'engagea dans Summer Street, venant à leur rencontre. Loin de ralentir, la lourde Lincoln parut accélérer, dérapa légèrement et Bolan comprit que le choc serait inévitable. Et violent.

En fait, la collision se déroula en deux temps. D'abord, la Lincoln percuta l'avant gauche de la

(1) Lire : Furie à Phoenix. Exécuteur N° 55.

Toyota dont l'aile s'arracha en sautant spectaculairement en l'air, avant de retomber sur le toit de la grosse limousine, puis, son arrière brutalement déséquilibré joua à la toupie pour venir s'écraser contre la calandre des *mafiosi*. Cela fit un bruit épouvantable que l'Exécuteur entendit malgré le grondement du char de guerre. Il vit tout l'arrière de la Toyota éclater comme une coquille de noix, répandant sur la chaussée des tas d'objets hétéroclites. Sur cette dernière poussée contradictoire, le véhicule blanc fit un rapide tête-à-queue, fut encore une fois happé par le côté de la Lincoln qui réussissait à passer en arrachant les portières de deux ou trois véhicules en stationnement. Quand le *van* arriva à la hauteur de la Toyota immobilisée au beau milieu de la voie jonchée de débris, la grosse caisse virait à son tour dans une petite artère transversale.

Il n'était évidemment plus question de poursuite. Et encore moins de reprendre le tir. Dans les deux cas, les occupants de la Toyota auraient couru de trop gros risques. Et Bolan avait toujours jalousement veillé à ce que sa guerre contre le crime organisé épargne les innocents.

Alors, jouant alternativement de la pédale de freins et du volant, il fit accomplir au char de guerre un dérapage contrôlé qui s'acheva en un formidable tête-à-queue. Les roues laissèrent sur l'asphalte assez de caoutchouc pour l'imperméabiliser un bon bout de temps, couinèrent une dernière fois en fumant quand le *van* s'arracha à sa force d'inertie pour remonter Summer Street dans l'autre sens.

Il espérait prendre la Lincoln à revers par le jeu des transversales. Il croisa un camion à la vitesse de l'éclair, entendit un furieux coup d'avertisseur grave, puis celui, plus aigu, d'une Ford qu'il venait d'éviter en catastrophe au débouché d'une petite rue. Heureusement, dans ce quartier périphérique de Royal Oak, la circulation se montrait plutôt rare et salutairement lente. Mais, malgré ses recoupements opérés méthodiquement, Bolan n'eut pas la chance de retrouver les *mafiosi*.

Pas d'illusions à se faire. Le salaud qui avait repris le volant de la grosse limousine était un as. Lui et sa cargaison de cadavres étaient déjà sûrement loin. Mais, heureusement, l'Exécuteur avait sa petite idée quant au lieu où il pourrait les retrouver. Car, il ne pouvait en douter, tout ce micmac mouvementé était signé *Big-Rock*. L'Exécuteur avait le temps. Et il gardait l'initiative. Il était le chasseur et les familles Rosario et Carnero les gibiers.

Mack Bolan afficha un bref sourire glacial, ralentit son char de guerre. Tout viendrait à temps.

**

— Quoi ?

La graisse blême des bajoues de Rosario tremblait encore sous le coup de la fureur. Seule, la peau de son crâne luisant avait viré au rouge brique et ses petits yeux porcins d'un noir charbonneux brillaient d'un éclat dément.

— Qu'est-ce que tu racontes, enfant de pute ?

Big-Rock avait arraché son corps adipeux du large fauteuil capitonné. Avec une souplesse stupéfiante pour son gabarit, il avait contourné la massive table de monastère qui lui servait de bureau, avait saisi l'immense Donato par le revers impeccable de sa veste, sans un regard pour les taches de sang qui attestaient de la disparition de ses *soldati*.

— Répète un peu ta fable, grand tas de merde !

La bouche lippue de Rosario tremblait de fureur et les jointures de sa pogne courtaude blanchissaient. Donato n'avait jamais vu son *boss* dans un tel état. Surtout vis-à-vis de lui. Jusqu'alors, leurs rapports s'étaient limités aux ordres et à leur stricte exécution. Mais cette fois, les choses s'étaient mal passées. Tellement mal que l'efficace Donato n'y comprenait rien. Placer une garde extérieure dans un *van* de hippies ne s'était jamais vu chez les *amici*. Une méthode à la fois révolutionnaire et réellement désarçonnante. Le gigantesque *caporegime* en était tout désorienté. Tellement qu'il ne sentait qu'à peine les énormes postillons chargés de nicotine que lui envoyait *Big-Rock* en plein visage. Il battit des cils, se sentit légèrement agacé par le mépris avec lequel Rosario le traitait soudain. Après sept ans de loyaux et tranquilles services, leurs relations se ternissaient désagréablement.

— Mais réponds, connard !

Rosario secouait toujours le revers de sa veste et Donato en conçut davantage d'irritation encore. Dans un mouvement irraisonné, il amorça une vague esquive, propulsa sa main ouverte à la rencontre du poignet poilu de *Big-Rock*. Un pur réflexe qu'il regretta aussitôt. Bien sûr, sa science du combat et sa force herculéenne eurent immédiatement raison de la prise de Rosario. Le gros *mafioso* lâcha prise, se retrouva tout bête. Une seconde seulement. D'un coup, ses yeux d'un noir insondable devinrent fixes, glacés comme ils n'avaient jamais été jusqu'à ce jour en face de

Donato. La bouche lippue se réduisit à l'état d'une fine cicatrice blanchâtre, les larges narines d'où sourdaient quelques poils sombres se pincèrent. Un sifflement menaçant passa entre les petites dents jaunes de Rosario, tandis que, dans une attaque sèche et violente, son revers de main atteignait Donato en plein sur le nez. Le géant recula sous le coup, porta la main à son appendice tuméfié d'où commençait à s'échapper un peu de sang et darda sur son patron un regard toujours aussi minéral. Bien sûr, il aurait facilement pu parer le coup et même repousser *Big-Rock* d'une pichenette qui l'aurait renvoyé dans son fauteuil. Mais c'eût été signer son arrêt de mort. Et Donato n'avait pas envie de mourir. Pas avant d'avoir réglé son compte au fumier qui avait descendu trois de ses gars. Un fumier dont, le temps d'un éclair, il avait aperçu le visage derrière le pare-brise blindé de son *van* de hippie de merde. Il avait donc encaissé la baffe de *Big-Rock* en la voyant venir de très loin. Et il se tamponnait le nez en songeant à la manière dont il découperait les boyaux de l'ordure qui, à la base, était responsable de cette gifle. Personne n'avait jamais osé frapper Donato depuis la dernière baffe de son père. Donato tuerait donc l'enfoiré qui lui avait valu cette insulte. Le plus tôt et le plus salement possible.

Et Donato connaissait des tas de moyens de faire ça très... très salement.

— Pardon, *boss*, laissa-t-il tomber derrière sa monstrueuse main. Je voulais pas...

— Ta gueule, enfoiré !

Un court silence, puis la voix essoufflée, mais soudain calmée de Rosario, s'éleva de nouveau :

— Ecoute, connard. Ecoute bien ce que je vais te

dire. Parce que je répéterai pas et je passerai pas non plus sur une nouvelle plaisanterie comme celle que tu viens de jouer avec tes tarés de flingueurs. Tu vas lever toute ton armée de traîne-couilles et aller me faire de la chair à saucisse de la famille Carnero. Je les veux tous en charpie. Démerde-toi comme tu voudras, fais sauter tout Royal Oak si tu peux pas faire autrement, mais élimine cette vermine jusqu'au dernier. Je veux la tête du vieux con sur ce bureau avant demain matin. Sinon, c'est la tienne qui y sera. J'ai pas l'habitude de...

La sonnerie du téléphone coupa soudain la parole à *Big-Rock*. Il resta une seconde la bouche ouverte, la referma et fit signe à son *caporegime* de ne pas bouger. Puis il attrapa le combiné sur le bureau, aboya :

— Ouais !

Fronçant ses gros sourcils de méphisto, il écouta un court instant, puis hurla encore plus fort :

— Qu'est-ce que tu veux, connasse ?

On le sentait prêt à broyer le téléphone entre ses gros doigts, mais il écouta pourtant encore un peu. Soudain, il ouvrit démesurément la bouche, garda le silence un petit moment, avant de haleter d'une voix devenue incertaine :

— Tu pourrais répéter ça ?

Il ne songea même pas à balancer ses insultes coutumières.

— Tu... t'es sûre de ce que tu dis ?

Intrigué, Donato tendit inutilement l'oreille. Il n'avait jamais vu *Big-Rock* dans cet état de profond désarroi. Et, quand au bout d'une assez longue conversation tendue, Rosario reposa enfin le combiné, sa face gélatineuse conservait une expression à la fois indécise et butée. Il leva ses yeux en boutons de bottines sur son *caporegime*, demeura muet encore un instant, lâcha enfin d'une voix sourde :

— Tu sais ce que vient de m'apprendre cette tordue de Manuela ?

Déconcerté, se tamponnant toujours le nez à l'aide d'un Kleenex, Donato observait son patron avec des lueurs de doute dans ses yeux gris.

— Euh ! ben non, *boss*.

Il savait combien *Big-Rock* méprisait les femmes et combien il haïssait la belle Manuela depuis qu'il avait appris par Corani qu'elle couchait aussi avec Dick Manoli ; mais *Big-Rock* ne lui avait pourtant jamais fait de confidences jusqu'à ce jour. Décidément, des choses étaient en train de se passer. Des bonnes et des mauvaises. Déjà, Rosario reprenait l'air de concocter une sale vengeance :

— Cette salope de Manuela m'a parlé de son courrier.

— Son... courrier ?

— Ouais. Une enveloppe déposée dans sa boîte aux lettres et qui m'était en fait adressée, poursuivit *Big-Rock*, étonnamment songeur. Une enveloppe avec une médaille dedans.

— Une médaille !

Donato avait ouvert de grands yeux indécis. Il en oubliait les douloureux élancements de son nez.

— D'après la description de cette pute, ça ressemble furieusement à une médaille *Marksman*.

— Ah ?

Visiblement, le *caporegime* n'y comprenait rien. Alors Rosario s'énerva. Avec, au fond des yeux, quelque chose qui ressemblait à de la fièvre et de l'appréhension, il assena d'une voix sourde :

— Celui qui vous a canardés ce matin n'est pas

de la famille Carnero. C'est Mack Bolan, connard !
Bolan la pute, Bolan le fumier.

— Hein ?

— Et tu l'as raté, espèce de ringard ! poursuivit
Rosario, implacable. Tu l'as laissé te buter trois
hommes et se tirer comme à la promenade.

— Mais...

Donato n'acheva pas. *Big-Rock* avait de nouveau
saisi son revers de veston et le triturait, l'air
menaçant. Il éructa du bout des lèvres :

— Tu avais l'Exécuteur en personne au bout du
canon, connard ! Et tu l'as laissé filer.

Il le lâcha brusquement, le repoussa légèrement
en conservant la même expression étrange, pêcha
dans un *humidor* en bois de rose un gros Roméo et
Juliette, l'alluma avec des gestes qui se voulaient
posés. Mais Donato eut la surprise de constater que
Big-Rock, le *boss* de Detroit, avait les doigts qui
tremblaient. Il ne sut déterminer si cela était
provoqué par l'énervement, l'excitation... ou la
peur. Rosario libéra un gros nuage de fumée lourde,
planta ses prunelles de jais dans les yeux de son
caporegime, murmura enfin, plein de sous-entendus
alarmants :

— Ni lui, ni moi, on ne te donnera une troisième
chance, Donato. Seulement une deuxième. Rien
qu'une deuxième, mon petit Donato. Tâche de pas
la gâcher.

Le géant était plus sidéré qu'inquiet.

Big-Rock ne l'avait jamais appelé par son prénom
avec un tel ton. Dans sa voix, il paraissait y avoir
autant d'affection que de commisération. Mais,
déjà, le patron de Detroit semblait se désintéresser
de lui. Il avait redécroché le téléphone, composait
un numéro. Il y eut un temps d'attente qui parut

trop long à Donato, puis, faussement calme, la voix de *Big-Rock* s'éleva, interpellant un mystérieux correspondant :

— Ici Rosario... oui, j'ai bien dit Rosario, connard ! Passe-moi le vieux Carnero. Dis-lui que c'est très... très urgent.

Puis il se tut et un sourire crispé erra une seconde sur ses lèvres toujours réduites à l'état de pâle cicatrice. De son côté, Donato commençait à s'inquiéter. Un sentiment qui ne l'avait jamais assailli jusqu'alors et qu'il refusait encore de s'avouer. Décidément, tout allait de travers, depuis ce matin.

CHAPITRE IV

Le vieux Carnero lui avait dit de venir seul et Rosario avait refusé. Finalement, un *modus vivendi* s'était établi sur le principe d'une escorte réduite, composée de sa seule garde personnelle. Dans la rutilante Rolls blanche du patron de Detroit, il n'y avait donc que ce dernier, en compagnie du chauffeur, d'un soldat et de l'immense Donato, assis à l'arrière près de son *boss*. Evidemment, Rosario n'avait pu résister au réflexe de prudence élémentaire qui lui avait dicté de faire suivre la Rolls par une Cadillac bourrée de *soldati*. Six spécialistes armés jusqu'aux dents et qui n'interviendraient qu'en cas de coup dur. Ils resteraient à l'extérieur. Mais, à la suite de son coup de fil, Rosario ne redoutait plus grand-chose du vieux *don* à la retraite. L'ancienne génération conservait ce sens imbécile de l'honneur de la *Cosa Nostra*. Un invité était sacré. Tranquille, Rosario regardait donc approcher la lourde double grille de la propriété de Carnero. La majestueuse Rolls venait de s'engager dans Summer Street et roulait au pas, suivie d'assez loin par la Cad' des *soldati*. Et, invisibles, patrouillant dans les environs, trois autres voitures pleines de fines gâchettes appelées en renforts, vérifiaient qu'aucun *van* suspect ne se trouvait dans le périmètre impliqué.

Bolan le fumier n'avait pas intérêt à montrer le bout du nez.

La calandre rutilante de la Rolls se présenta devant les grilles et deux têtes apparurent entre les barreaux. Des visages fermés, méfiants, accompagnés de canons d'armes menaçants. Il y eut un court temps d'observation, durant lequel Rosario se permit un sourire de carnassier. Le vieux con se méfiait quand même. Ce qui était plutôt bon signe, car cela prouvait qu'il avait, somme toute, un peu peur de son successeur à Detroit. Normal. Rosario était un grand *boss*. Non seulement, il avait prouvé à la *Commissione* qu'il savait faire marcher les affaires, mais aussi que l'ordre régnait dans son organisation. Les nombreux cadavres qui avaient jonché son ascension en faisaient foi. Rosario avait la main lourde, tout le monde le savait.

La grille s'ouvrit enfin, les gardes firent signe de passer et la Rolls s'engagea sur les graviers d'une large allée bordée de conifères et de massifs de plantes vivaces assez mal entretenus. Avant Carnero, personne n'avait dû louer la propriété depuis longtemps. Au milieu d'une vaste pelouse au gazon trop haut et parsemé de vulgaires herbes, un boqueteau d'érables et de frênes. Puis, tout au fond du parc, au bout de l'allée en courbe, fichée sur une terrasse également en graviers, une demeure aux briques salies que les hautes fenêtres à vitraux faisaient ressembler à une étrange chapelle. De l'ensemble se dégageait une oppressante impression d'abandon. Pourtant, l'endroit était fréquenté. Sur la terrasse, au pied d'un perron à péristyle à la peinture autrefois blanche et aujourd'hui largement écaillée, une douzaine de flingueurs attendaient les visiteurs : un comité de réception destiné à l'intimidation. Sur les lèvres de Rosario passa une ombre de sourire, puis elles se pincèrent sous le coup de la rage.

— Quel connard! murmura-t-il pour lui-même en songeant au vieux *mafioso* qui l'attendait.

Carnero croyait vraiment au père Noël.

— Qu'est-ce qu'on fait, *boss*?

C'était Donato. Déjà, il s'était emparé du P.M. Franchi posé près de lui sur la banquette.

— Tss, tss! fit Rosario. Joue pas au con. Le vieux veut discuter. On réglera son compte au vieux plus tard. Quand on en aura fini avec le fumier.

Depuis qu'il savait qui était responsable de la mort de Manoli et des trois hommes de Donato, Rosario n'avait plus qu'une pensée : réduire l'Exécuteur en charpie. Il allait réussir là où tous les autres avaient jusqu'alors échoué. Après ça, la *Commissione* lui foutrait une paix royale. Il serait le *boss* le plus respecté des States. Le plus craint aussi. Et cela n'était pas fait pour lui déplaire. Après les bordels, les jeux clandestins et le monopole de la drogue sur Detroit, il mettrait la main sur d'autres villes. Il étendrait son empire de l'est à l'ouest. Et peut-être un jour il régnerait enfin sur ce qui avait toujours été son rêve : New York et Los Angeles. Désormais, il ne permettrait à personne de lui barrer la route. Même pas à Bolan le fumier.

— Qu'est-ce que je fais, moi? demanda Donato en louchant vers les armes de la petite armée de Carnero.

— Toi et Gus, vous restez avec le chauffeur. En surveillant ce qui se passe. Mais pas d'imprudence.

Je veux pas de massacre pour le moment. On a des choses plus importantes à faire. En principe, je serai pas long.

Rosario se permit un autre sourire de hyène affamée, ajouta, perfide :

— A moins que le vieux m'invite à bouffer.

Sur ces derniers mots, il ouvrit la portière de la Rolls, jeta un regard méprisant à la douzaine de mitrailleurs immobiles, remit sa pochette en place d'une pichenette négligente, prit le temps de se ficher un Davidoff entre les lèvres et de l'allumer avant de lever les yeux vers le perron. Mais le vieux Carnero ne l'y attendait pas et cela renforça sa rage contenue. D'entrée de jeu, le salaud lui indiquait son mépris et s'arrangeait pour que ses propres hommes le comprennent bien.

« Je lui couperai les couilles moi-même », songea très fort le *boss* de Detroit. « Quand tout sera fini, je les lui passerai à la moulinette. »

Et, fort de cette pensée réconfortante, il gravit lourdement les quatre marches en marbre usé. La porte massive à vitraux verticaux s'ouvrit alors sur un petit homme tout chétif et ayant largement dépassé l'âge de la retraite. Il avait le teint bilieux, portait des lunettes de myope et un complet gris pisseux de mauvaise coupe. Il toisa l'arrivant d'un regard terriblement corrosif, laissa ses lèvres blêmes et craquelées s'entrouvrir sur un rictus aux longues dents jaunes.

— Je suis Gabriele Todepa, se présenta-t-il d'une voix étrangement grave. *Consigliere* de *don* Carnero.

Il avait ostensiblement appuyé sur le qualificatif respectueux de son patron, fixant Rosario dans les yeux. Un examen qui mit le patron de Detroit mal à l'aise. Sa rage monta d'un cran et il aboya derrière son cigare :

— Conduis-moi à ton *boss*. Je suis pas venu faire des mondanités.

L'autre eut une brève inclinaison de son maigre buste, fit signe d'entrer. Ils pénétrèrent dans un hall plus sombre qu'une crypte et dénué du moindre meuble, sur lequel s'ouvraient trois portes au bois fendillé et poussiéreux. Au fond, un escalier monumental en chêne massif montait vers l'étage.

— Par ici, fit encore l'étrange voix grave du *consigliere*.

Ils grimpèrent et une insolite odeur intrigua Rosario. Un vague remugle de moisi, accompagné de celui de pharmacie. Il grogna :

— Le vieux est malade ?

— *Don* Carnero est très âgé, répondit Todepa en baissant le ton. Certains jours, il doit s'aliter pour mieux résister à la fatigue. Mais aujourd'hui, acheva-t-il, à la fois docte et étonnamment chaleureux, il va assez bien. Vous allez voir.

Rosario hissa sa lourde carcasse graisseuse sur la dernière marche, se laissa guider jusqu'au fond d'un couloir plus sombre que le hall d'en bas. Todepa frappa discrètement à une porte, attendit, l'air pénétré de sagesse. Un instant plus tard, le battant s'ouvrit et un homme sortit en enfilant une veste sombre. Au passage, il jeta un regard désintéressé à Rosario, s'adressa au *consigliere* à voix contenue :

— Ne le fatiguez pas.

L'interpellé hocha la tête, souffla à Rosario, alors que l'inconnu disparaissait :

— C'est le docteur personnel de *don* Carnero. Il le suit dans tous ses déplacements. Entrez.

Fronçant les sourcils, Rosario pénétra dans la vaste chambre chichement éclairée, avisa le large et haut lit à colonnades sombres, tiqua en découvrant le vieillard qui, assis contre des coussins et vêtu d'une robe de chambre grise, ajustait de petites lunettes carrées sur son nez aquilin en le regardant approcher. Il éleva une main décharnée, l'agita lentement, invita d'une voix posée et incroyablement faible :

— Viens, Roberto. Viens t'asseoir ici.

Il désignait un haut fauteuil recouvert de velours élimé, souriait.

— Nous avons tant de choses à nous dire. N'est-ce pas, Roberto ? Tu n'aurais pas dû me faire attendre aussi longtemps

Complètement dépassé, Rosario faillit éclater de rire. Il n'en revenait pas. Lui, Roberto Rosario, un des plus puissants patrons des States, lui que même la *Commissione* considérait avec une certaine crainte, lui, le responsable du syndicat le plus inflexible de l'industrie automobile et le *mafioso* le plus implacable de sa génération, était menacé par ce quasi-moribond.

Par ce vieux déchet humain.

En serrant la trop fine et trop fragile main parcheminée que lui tenait Carnero, il faillit vraiment laisser libre cours à l'hilarité qui le secouait à l'intérieur. C'était à crever de rire.

***

Dès son arrivée à Detroit, Bolan avait repéré tous les cabarets et tous les clandés appartenant à *Big-Rock*. Le *Tampico* faisait partie du lot. Un night-club de luxe dont le décor de façade au néon représentait deux silhouettes de filles nues étroitement enlacées. Le tout sur fond de vagues océanes. Dès la rue, on annonçait clairement l'esprit de l'endroit. Ambiance chaude pour fermiers des bords de lacs.

Selon les renseignements de Phil Necker — le flic fédéral camouflé en *mafioso* — Enio Sandoni, patron du *Tampico* et de tous les bordels de la ville, passait son cheptel en revue tous les dimanches en fin de matinée. Cela se passait sur scène où les strip-teaseuses répétaient leurs numéros devant le *boss*. De fait, Sandoni était un petit gâté. Avant la fin de chacune de ses revues privées, il désignait celle qui aurait le discutable privilège de partager son lit à l'heure sacro-sainte de la sieste. Il laissait alors le soin à son régisseur de veiller au bon déroulement de la suite. C'était ainsi depuis toujours et tout le monde y trouvait son compte. Le régisseur était tranquille et les deux *lieutenantes* qui l'assistaient se rinçaient l'œil en toute quiétude. Seuls, les deux gardes du corps attitrés du *boss* étaient lésés. Ils devaient impérativement monter une garde vigilante devant la porte de l'appartement de Sandoni tout le long que durait sa « sieste ».

L'Exécuteur avait opté pour un plan de bataille en deux temps. Inutile de prendre tous les risques à la fois. Il agirait durant la sieste de Sandoni. D'abord la boîte. L'exécution des deux lieutenants ne devrait poser aucun problème. Les difficultés commenceraient dans l'appartement du patron. Les trois gorilles étaient des durs à cuire. Làdessus, Necker s'était montré précis. Il faudrait agir vite et viser juste du premier coup.

Le char de guerre avançait maintenant dans

Michigan Avenue, au gré d'une circulation relativement lente. Bien que sachant le *van* identifié par le survivant du *Blitz* de Royal Oack, Bolan ne se faisait pas de soucis. D'expérience, il savait depuis longtemps qu'en poursuivant les actions très rapidement, les réactions de l'ennemi s'en trouvaient d'autant désordonnées, donc inefficaces. Fidèle à sa méthode, l'Exécuteur avait identifié puis localisé l'ennemi. Il suffisait maintenant de l'éliminer. Brutalement, sans leur laisser la moindre chance d'échapper à sa furie.

Tout en réfléchissant, Bolan avait tourné dans Brooklyn Avenue, descendait à présent vers la Detroit River. Le *van* passa devant l'Exécutive Plaza à vitesse réduite, parcourut encore quelques dizaines de mètres, vira dans Howard Street, se gara enfin devant une épicerie fine italienne encore fermée à cette heure. Bolan quitta la cabine de pilotage, passa dans le module opérationnel et dégagea la cache dans laquelle son arsenal attendait de servir. Il s'empara du sinistre Beretta, vissa le réducteur de son au canon, vérifia le chargement de la mini-Uzi qu'il équipa également de son silencieux, avant d'enfiler la fameuse combinaison noire. Il s'accrocha un holster sous l'aisselle gauche, y glissa le Beretta, se passa l'Uzi autour du cou, la laissant retomber en sautoir sur sa poitrine. La pluie s'était remise à tomber. Ainsi, l'ample imper qu'il avait décidé d'endosser pour camoufler son harnachement de mort serait parfaitement justifié. Après un dernier regard autour de lui, il se redressa. Son impressionnante silhouette prenait des allures fantastiques et redoutables. Visage granitique et regard glacé, il incarnait la mort dans son aspect le plus absolu.

Il boutonna l'imper, referma la cache, quitta enfin sa base opérationnelle. Comme d'habitude, il allait procéder avec méthode et son *Blitz* suivrait une progression préétablie. Il allait frapper vite et fort. Et souvent. Jusqu'à ce que Detroit soit délivrée de la gangrène.

A pied, il repassa devant l'Exécutive Plaza, parcourut d'un pas tranquille la faible distance qui le séparait des deux filles au néon enlacées, serrant le vaste imper autour de lui. La pluie tombait dru et les rares passants se hâtaient. A l'angle de la Sixième Rue, il repéra la porte de service du *Tampico*. Il défit tranquillement les boutons de son vêtement de pluie, glissa la main droite dans l'échancrure, assura la crosse glacée du sinistre Beretta dans sa paume et enfonça le bouton de la sonnette. Puis il attendit un assez long moment. Quand il perçut enfin le bruit métallique du verrou qu'on tirait, le Beretta était déjà hors du holster, cran de sécurité ôté. Le lourd battant en acier peint s'entrouvrit, un visage grossier apparut dans l'entrebâillement. Son métier se lisait sur sa face. Tueur.

— Qu'est-ce que...

Le gorille n'eut pas le temps d'en dire plus. D'un puissant coup d'épaule, l'Exécuteur venait de repousser la porte et le Beretta entra en action. Un léger « plof », un grognement inarticulé. Le mastodonte eut un sursaut tandis que la porte le frappait à la poitrine, le projetant contre le mur. Juste entre ses deux yeux, un orifice bien rond crachait un flot de sang noir et mousseux, tandis que l'arrière de son crâne entièrement éclaté libérait une partie de sa cervelle. Elle demeura une fraction de seconde en équilibre sur l'arête osseuse, bascula d'un coup et s'écrasa sur le sol cimenté avec un bruit écœurant. Son propriétaire n'avait jamais eu l'esprit très élevé. Il s'écroula lourdement, écrasant sous ses larges fesses le flingue qu'il venait de lâcher. Déjà, l'Exécuteur avait repoussé la porte, enjambé le cadavre. Il se trouvait dans un long couloir sombre encombré de vieux cartons. Au fond, une autre porte demeurait entrebâillée. Au loin, on percevait les notes syncopées d'une musique de jazz et une vague odeur complexe de lourds parfums et de fumée refroidie flottait partout. Bolan se débarrassa de l'imper, le jeta sur le tas de cartons, se faufila vers la porte. Mini-Uzi sous le bras gauche, Beretta dans la main droite, il était prêt à toute éventualité. Il glissa un bref regard dans ce qui semblait être un autre couloir. Plus large, tapissé de papier japonais mauve, décoré de gravures plus que libertines, faiblement éclairé par quelques spots encastrés dans le plafond. Une demi-douzaine de portes fermées découpaient leurs rectangles laqués en mauve foncé. Les loges de ces demoiselles. L'ensemble sentait le luxe canaille. Du pied, Bolan agrandit l'espace ouvert, pointa le canon de l'Uzi. Personne. Il s'avança, opta immédiatement pour la gauche. La musique venait de par là. Une autre porte, métallique, équipée d'un groom pneumatique. Sur ses gardes, il la tira, se retrouva dans un sas moquetté jusqu'au plafond et fermé par une autre porte dans laquelle s'ouvrait un hublot en verre bleuté. Il risqua un œil, distingua des rangées de tables et de chaises pour la plupart inoccupées. Mais, en se penchant, il découvrit enfin quelques silhouettes assises. Des filles aux épaules nues, coiffées de chapeaux à plumes. Au milieu d'elles, un petit homme chauve, immobile. Ils assistaient à un spectacle que Bolan ne pouvait voir. Mais ce qui l'intéressait se trouvait au fond de la salle. C'est-à-dire, assez près de lui. Les pieds sur une table, affalé sur sa chaise, un type bâti en hercule dévorait le spectacle des yeux. Devant lui, deux verres. A sa droite, une chaise vide. Un des *lieutenantes* de Sandoni. L'autre pouvait être n'importe où. Aux toilettes ou dans une loge, en compagnie d'une fille. Il fallait prendre une décision. Uzi à l'épaule, Bolan serra le Beretta dans sa main, commença à entrouvrir la porte.

A cet instant, il sentit le danger.

CHAPITRE V

Derrière Bolan, la porte du sas venait de s'ouvrir. Dans un mouvement réflexe d'une stupéfiante rapidité, il pivota sur lui-même, apercevant un type surgir devant lui. Surpris, l'autre hésita une fraction de seconde. Il était pourtant rapide. Le temps d'un éclair, l'Exécuteur le vit porter la main vers l'intérieur de sa veste, en arracher un gros Smith & Wesson .357 noir et luisant. Mais Bolan avait l'avantage. Son arme déjà en main, il n'eut qu'à relever le poignet.

La musique couvrit entièrement le « flop » du réducteur de son. Le Beretta eut une secousse brève et la tête du deuxième lieutenant fut rejetée en arrière sous l'impact de l'ogive de 9 mm. Un gros morceau d'os vola vers le plafond et un flot de sang souilla la moquette murale. Le type s'écroula comme une masse et Bolan s'en désintéressa aussitôt. Il rouvrit la porte au hublot, observa le lieutenant toujours assis. Celui-ci commençait à marquer quelques signes d'impatience. Il tournait la tête par intermittence, fouillant nerveusement la pénombre en direction de la porte.

Alors, tranquillement, l'Exécuteur leva le

Beretta. Comme au stand, il visa posément, pressa la détente au moment précis où l'autre amorçait un mouvement pour se lever de sa chaise. La balle blindée entra avec un bruit mat dans sa grosse tête soigneusement coiffée qui ballotta presque comiquement de côté, tandis qu'une gerbe de gouttes sombres s'envolait autour de lui. Pantelante, la grande carcasse se laissa retomber sur la chaise, s'affala dans un étrange ralenti, se répandant sur la table ronde en renversant les deux verres.

Etrangement, personne n'avait encore rien remarqué. Assis loin en avant, le régisseur et la troupe de filles étaient trop accaparés par la répétition. Quant aux « actrices », aveuglées par les feux de la rampe, elles ne pouvaient voir ce qui se passait dans la salle.

L'Exécuteur se replia rapidement, parcourut le couloir des loges sur toute sa longueur, parvint devant une autre porte sur laquelle s'étalait le mot « privé ». Il fallait faire vite. On pouvait découvrir les cadavres d'un instant à l'autre. Bien sûr, l'Exécuteur aurait pu, d'entrée, ne s'occuper que du cas Sandoni et poursuivre sa guerre en allant descendre un à un tous les gérants de boîtes de la famille. Mais Bolan avait pour principe de n'épargner aucun des *mafiosi* placés sur son chemin. Les deux lieutenants et l'homme de main du *Tampico* faisaient partie de ceux-là. Ils devaient mourir aussi. Comme tous leurs sinistres semblables.

Depuis un certain jour maudit, et malgré le temps écoulé, Mack Bolan le soldat n'avait plus qu'une idée. Plus qu'une mission à accomplir. Il devait tuer et tuer encore. N'ayant plus d'illusions sur la disparition prétendue de l'*Organized Crime*, il irait donc jusqu'au bout. Jusqu'à sa propre fin. Mais, à cet instant, aucune pensée parasite n'oblitérait son esprit aiguisé par l'action. Il avait déjà entrouvert la nouvelle porte, avisait l'escalier moquetté de gris qui grimpait vers l'étage. Qui desservait les appartements privés de Sandoni. Seulement quelques marches séparaient Bolan des deux gorilles en faction devant une porte. Seul l'effet de surprise lui donnerait l'avantage.

L'Uzi calée sous le bras gauche, le Beretta dans la main droite, Bolan se glissa dans l'étroit espace entre la porte et la première marche, posa son pied sur celle-ci, le plus près possible du mur afin d'en empêcher un éventuel craquement. Heureusement, bien que très assourdis, les échos de la répétition couvraient les frôlements de sa progression. Il restait à espérer que l'ouverture de la porte et le regain d'amplitude du son qu'elle avait occasionné n'aient pas alerté les deux flingueurs. En quatre bonds silencieux, l'Exécuteur parvint au coude de l'escalier. Tout allait se jouer maintenant. Il prit une inspiration, banda ses muscles, se propulsa d'un coup vers le haut.

Il y avait encore six marches avant le palier. Il les sauta quasiment d'une traite, ses deux armes levées, prêtes à faire feu. Son esprit en alerte enregistra la scène en un quart de seconde. Il vit les deux types en même temps. L'un était assis sur une commode, se curant les ongles à l'aide d'une allumette, un énorme Colt 45 automatique posé près de sa cuisse droite. L'autre, un petit rouquin nerveux, était assis à califourchon sur une sorte de prie-Dieu, occupé à dévorer les planches colorées d'une B.D. A l'intrusion de Bolan, celui qui se curait les ongles sursauta, envoya sa main vers le .45. Des réflexes foudroyants. Il l'avait déjà dans le creux de sa large paume quand la 9 mm du Beretta lui fit éclater l'œil gauche. L'arrière de son crâne cogna contre le mur, tandis qu'un geyser de sang rouge allait souiller la soie des tapisseries et la cire sombre de la commode. Déjà, l'Uzi crachait son bref staccato en direction du rouquin. Celui-ci lâcha le *comics*, lança sa main vers l'impressionnant holster qui décorait son aisselle. Il eut encore le temps d'accrocher la crosse d'un .38 Spécial de ses doigts nerveux, sembla pris de convulsions sous l'infernale poussée syncopée du chapelet de balles. Son buste maigre parut coupé en deux par un pointillé oblique et rouge, donna l'impression de vouloir se détacher du reste du corps. Brusquement cassé en avant, le *mafioso* s'écroula sur le dossier du prie-Dieu. Bras ballants de chaque côté de sa tête pendante, il resta là, comme plongé dans une insolite prière. Du sang coulait des multiples blessures, aussitôt épongé par l'épaisse moquette violine. Mais, encore une fois, l'Exécuteur n'avait pas le temps de contempler son œuvre macabre de justice. Rien n'était encore vraiment fait. D'un dernier bond, il fut sur le palier. La porte des appartements privés se trouvait devant lui. Il leva le Beretta, pressa la détente. En sautant, la serrure fit un bruit épouvantable, mais Bolan s'était déjà précipité. D'un magistral coup de pied, il fit voler le battant contre un mur, plongea dans un minuscule corridor sombre au bout duquel une autre porte était entrouverte. Il plongea littéralement dessus, la percuta de l'épaule, se catapulta dans une chambre toute de noir tendue où trônait un lit si grand que douze personnes auraient pu s'y ébattre librement. Dans les positions les plus folles.

En fait de positions, Bolan fut plutôt comblé. Au centre de l'immense lit couvert de fourrure blanche, une fille entièrement nue était à quatre pattes, les bras enfoncés dans un véritable matelas de liasses vertes.

Des dollars. Des monceaux de dollars.

Derrière la fille, solidement planté sur ses genoux écartés, un gros homme, nu comme un ver et blanc comme le saindoux, tenait résolument la fille à deux mains. Accroché à la généreuse croupe, il donnait tous les signes d'un scrupuleux travail en force. Trop occupé, il avait mis du temps à réaliser qu'il se passait quelque chose d'anormal dans son dos. L'Exécuteur était déjà sur lui, enfonçant le réducteur de son du Beretta dans le bas de sa nuque. Sandoni donna l'impression d'être secoué par une décharge électrique, se statufia, tandis que devant lui, la fille tournait la tête pour fixer de grands yeux hagards et trop maquillés sur l'intrus. A la vue de la grande silhouette noire, elle ouvrit la bouche sur un début de cri qui mourut dans sa gorge quand elle vit le canon de l'Uzi se relever vers elle.

— Ne bouge pas, gronda Bolan à l'adresse du *mafioso*.

L'autre eut le réflexe de tourner lentement la tête et ses petits yeux porcins teintés du rouge de l'effort s'agrandirent de saisissement.

— Qui... commença-t-il d'une voix cassée. Que voulez-vous ?

Bolan appuya un peu plus le canon dans sa nuque, lui adressa un rictus glacé. Sa voix d'outre-tombe résonna sinistrement dans la touffeur de la chambre.

— Te tuer.

De stupeur, Sandoni ouvrit une bouche démesurée mais ne put proférer un mot. Il voulut reculer le bassin, tandis que la fille, complètement paralysée, ne réalisait pas l'incongru de la scène qu'ils figuraient tous deux. Bolan poussa le Beretta en avant.

— Ne bouge pas, ordonna-t-il encore.

Un téléphone était posé au pied du lit. Il le désigna à Sandoni.

— Décroche.

Eberlué, le *mafioso* commençait à oublier sa panique. Dans son regard vicieux se lisaient des tas de questions. Bolan ne lui laissa pas le temps de réfléchir.

— Vite ! siffla-t-il entre ses lèvres serrées.

Sandoni finit par obéir. Dans une pose grotesque, toujours collé à la fille, il parvint à attirer le téléphone sur le tas de dollars et à décrocher le combiné. Grimaçant de douleur sous la pression du Beretta, il ouvrit de nouveau la bouche.

— Qu'est-ce que je...

— *Big-Rock*, coupa l'Exécuteur, implacable. Appelle-le.

— Mais...

— Tu as trois secondes.

Devant Sandoni, la fille émit une sorte de sanglot sec, voulut se redresser, mais Bolan l'en empêcha d'un geste significatif. Déjà, comprenant qu'il n'y avait rien d'autre à faire, le *mafioso* composait un numéro. Il y eut une courte attente, puis une voix nasillarde parvint aux oreilles de Bolan. Sandoni coassa :

— Le *boss*. Passe-moi le *boss*. Vite. C'est... c'est Sandoni.

La voix nasilla encore et le gérant du *Tampico* se

décomposa davantage. Trempé de sueur, il tourna vers l'Exécuteur un regard affolé.

— Pas là, murmura-t-il.
— Où ? souffla Bolan.

L'autre le demanda et obtint une réponse inaudible. Puis, à l'adresse de Bolan :

— Il... Il est chez Carnero.
— Appelle-le.

L'autre, toujours aussi ridicule, reposa le combiné, hésita avant de le redécrocher.

— Qu'est-ce que je... lui dis ?
— Que Mack Bolan veut lui parler, laissa tomber l'Exécuteur d'une voix lugubre.

— Tu comprends, mon petit Roberto, je ne suis pas venu te faire la guerre. Detroit est maintenant ta ville. Simplement, je suis venu te dire quelques petites choses essentielles. Des choses qui font partie du code d'honneur de la *Cosa Nostra*. Il faut que tu comprennes.

— Quelles choses ?

Le vieux Carnero était assis dans le grand fauteuil en velours carmin qui flanquait le lit qu'il venait de quitter. Derrière les lunettes carrées, les petits yeux noirs ternes fixaient *Big-Rock* avec une expression indéfinissable qui aurait dû mettre le gros *mafioso* mal à l'aise. Mais Rosario était depuis trop longtemps le maître incontesté de Detroit. Il avait perdu le sens du danger, ne se fiait qu'à sa propre conception des choses. Un jugement forcément altéré par sa propre puissance. Alors, le vieux Carnero ne l'impressionnait pas. Il avait toujours envie de rire et ne parvenait qu'à peine à le cacher. Tout en sachant que l'ancien patron de Detroit devinait forcément ce qu'il pensait de lui. Mais il s'en moquait.

— Quelles choses ? répéta-t-il sur un ton ostensiblement patient.

Le nez fortement aquilin de Carnero se plissa comme sous le coup d'une méfiance exagérée. De sa voix sans éclat, il reprit :

— Tu as tort de faire ces choses, Roberto. Ce n'est pas dans la ligne d'un bon Américain...

— Quelles choses ? coupa cette fois *Big-Rock*, sans souci du protocole, et sur un ton visiblement agacé.

Carnero agita sa main droite pour lui intimer le calme, poursuivit :

— Ces combines, avec les Cubains. Tu y perdras forcément des plumes. Au bout du compte, quand tout sera déstabilisé dans les usines, quand le pouvoir sera aux syndicats que nos familles ne contrôlent pas, quand Castro et ses sbires seront installés dans ce pays, tu seras leur domestique.

— Leur domestique ! sursauta Rosario. T'es dingue, ou quoi ? Je serai jamais le domestique de personne.

Dans cette profession de foi, il avertissait nettement qu'il ne serait jamais celui d'un Carnero non plus. Le vieux reçut le message en souriant d'un air entendu, insista :

— Tu as raison, Roberto. Il ne faut jamais être le domestique de personne. A plus forte raison, celui d'un dictateur communiste. C'est précisément ce que je suis venu te dire. Dans mon état, j'aurais préféré rester au soleil de l'Ouest. Le climat de cette ville ne me convient plus. Pourtant, ajouta-t-il avec un rien de nostalgie dans le ton, je l'ai aimée, cette ville, mon petit Roberto. Vraiment aimée. Et je l'aime encore. Au point de te mettre en garde contre les erreurs qu'on voudrait te pousser à commettre. Il ne faut pas la céder aux Cubains, cette ville. Il ne faut rien leur donner. Même pas un lopin de désert. Ils sont dangereux, Roberto. Très dangereux pour notre pays. Nos affaires, nous devons faire en sorte qu'elles restent entre nous. Pour toujours.

Devant l'air incrédule de Rosario, Carnero expliqua d'un ton las :

— Il ne faut pas confondre, tu comprends. Même si nos actions effraient parfois le commun des mortels de ce pays, nous n'agissons jamais vraiment contre les intérêts de cette nation qui nous a permis de vivre dans l'opulence. Et il ne faut pas que cela commence maintenant. Il ne faudra jamais permettre cela, Roberto. Jamais. Je devais te le...

Cette fois, *Big-Rock* ne put retenir un petit éclat de rire aigre qui fit sauter ses bajoues gélatineuses. Il s'excusa d'un geste insouciant, questionna abruptement avec une nuance d'insulte dans la voix :

— C'est toi qui vas m'empêcher de faire ce que j'ai décidé, Carnero ?

Le vieux ne répondit pas tout de suite. Dans son regard terne venait de passer une lueur fugitive que Rosario ne remarqua même pas. Puis, alors que l'ancien patron de Detroit allait reprendre la parole, le téléphone sonna dans la chambre. Il y eut un instant de flottement chez les deux hommes et la main décharnée du vieux *mafioso* souleva le combiné posé près du fauteuil. Il écouta attentivement, eut l'air surpris, finit par tendre l'appareil à

Rosario avec une expression indécise dans le reflet de ses lunettes.

— Pour toi, Roberto.

Interdit, le gros *mafioso* s'empara du combiné d'un mouvement brusque, beugla dedans :

— J'avais dit de pas m'emmerder, connard. Je te...

Il écouta, se figea. Son visage avait complètement changé d'expression et son regard bovin devint fixe comme celui d'un mort. Dans le silence de la chambre, Carnero tendait l'oreille. Il était malade, mais son ouïe fonctionnait étonnamment bien. Aussi put-il entendre la voix déformée sortir du combiné. Une voix métallique, sèche comme une lame, qui disait :

— Ecoute, *Big-Rock*. Tu vas entendre mourir un de tes hommes. Désormais, ils vont tous mourir. Et toi aussi. Très bientôt.

Carnero perçut nettement un bruit étrange qui ressemblait à celui d'un bouchon de champagne qui saute, vit aussitôt Rosario sursauter. De livide, son gras visage était devenu crayeux. Tout de suite après, il hurla de nouveau dans le combiné :

— Eh ! Atten...

Mais la communication fut coupée et Rosario demeura pétrifié, serrant toujours l'appareil dans sa main crispée. Regard fixe, il semblait perdu dans un cauchemar intérieur intense. Ce fut Carnero qui lui arracha le combiné pour le reposer sur sa fourche. Un instant, il observa celui qui avait pris sa succession et laissa tomber doucement :

— Ma parole, tu as peur, mon petit Roberto !

L'autre lui lança un regard vide d'expression, s'ébroua et grogna, indécis :

— J'étais venu pour... quelque chose de très précis.

— Ah ? Et qu'est-ce que c'était ? s'enquit Carnero sur un ton de doute.

Malgré sa voix qui s'assurait de nouveau, il était visible que *Big-Rock* n'était plus dans son assiette. Il hésitait sur les mots, avait le regard fuyant... et plus du tout insolent. Carnero buvait du petit lait. Il questionna encore une fois :

— Qu'est-ce que c'était, cette chose très précise ?

— Une... une proposition.

— Quel genre ?

Les petits yeux malins de Carnero luisaient toujours derrière les insolites lunettes carrées.

— Une association.

Cette fois, l'ancien patron de la ville ébaucha un sourire de hyène à l'affût. Il était revenu au bon vieux temps. Les jeunes patrons lui mangeaient dans la main. Il était redevenu le roi.

— Quel genre d'association ?

Sa voix n'était plus qu'un murmure de confesseur. *Big-Rock* lui lança un drôle de regard, laissa enfin tomber :

— Tu sais qui vient de m'appeler ici ?

— Je suppose que tu vas me le dire.

Carnero regardait *Big-Rock* se débattre avec son problème, ressentant une sourde joie à la vue de sa peur. Mais *Big-Rock* secouait lentement la tête. Ce fut d'une voix étranglée qu'il laissa échapper d'un coup :

— C'était Mack Bolan. Bolan la Pute... Et j'ai entendu crever Sandoni. Un homme à moi.

Un long silence succéda au terrible aveu. Apparemment tranquille, mais intéressé par cette révélation, Carnero finit par dire d'un ton ostensiblement posé :

— Fâcheux, mon petit Roberto. Extrêmement fâcheux.

Puis le silence régna de nouveau. Epais, pesant.

CHAPITRE VI

Sandoni était en sueur. Statufié, il restait contre la fille qui tremblait sur le matelas de billets. La balle du Beretta lui avait à peine éraflé le cuir chevelu, arrachant au passage une petite touffe de cheveux. Hagard, il regardait sans le voir le trou rond pratiqué par la balle dans le mur. Visiblement, il ne comprenait pas les raisons pour lesquelles il vivait encore. Derrière lui, la voix d'outre-tombe s'éleva de nouveau :

— Tu leur diras, bonhomme... Tu leur diras à tous que je vais supprimer tous les membres de la famille Rosario. Je te laisse en vie pour faire circuler le message.

— Ro... Rosario va me flinguer, parvint à articuler le gérant du *Tampico*.

— C'est votre affaire à tous deux, contre Bolan.

Il se baissa, ramassa le petit tas des sous-vêtements de la fille, les lui jeta.

— Habillez-vous, ordonna-t-il en reculant vers la porte. Toi, Enio, n'oublie pas ce que tu dois faire, ou tu y passeras en premier.

Tout en reculant, Bolan se demandait pourquoi il avait dévié son tir à la dernière seconde. Il avait épargné le *mafioso*, alors qu'il avait lui-même déclaré sa guerre à Rosario. C'était peut-être stupide, mais il avait parfois conscience de l'horreur d'une exécution sommaire. Un trait de conscience aiguisée, un sursaut d'honneur chevaleresque. Il songea à tout cela en un éclair, tandis qu'il franchissait le seuil. A cet instant, son instinct l'alerta. Une brusque tension dans l'air, un léger frémissement dans sa chair. Le bras de Sandoni avait à peine bougé, sa main avait disparu dans le tas de billets, juste contre le genou de la fille encore accroupie. Bolan réalisa qu'il avait commis une erreur en épargnant Sandoni. Il le comprit bien avant que l'autre n'arrache sa main des liasses et que ne jaillisse son bras armé. Tout se passa alors si vite que, ni Sandoni ni la fille n'eurent le temps d'avoir peur. L'Exécuteur avait de nouveau pressé la détente du Beretta. Il n'y eut qu'une seule explosion. Celle du coup de feu de Sandoni. La balle silencieuse du Beretta croisa celle du .38 deux pouces, fit sauter un morceau de la mâchoire supérieure du *mafioso* et ressortit par l'arrière de sa tête en un vomissement rouge qui éclaboussa le couvre-lit. Sandoni s'effondra comme une masse, écrasant le corps tremblant de la fille qui se mit à hurler. Sans un regard pour le sinistre spectacle, Bolan considéra froidement l'orifice que le .38 avait creusé dans le bois de la porte. A moins de dix centimètres de sa tête.

Sandoni avait été un piètre tireur.

Dans le couloir du rez-de-chaussée, le cadavre n'avait pas encore été découvert et la musique de la boîte arrivait en ondes irrégulières. L'Exécuteur ramassa l'imper, l'enfila pour dissimuler l'Uzi, sortit sous la pluie battante, puis se dirigea rapidement vers son char de guerre.

Il avait encore de nombreuses tâches à accomplir. Des missions de mort.

***

— D'accord, Roberto. Nous allons nous associer. Provisoirement. Mes hommes et les tiens vont désormais coopérer pour descendre le fumier. Trop d'*amici* sont morts de ses mains et aucun responsable de la *Cosa Nostra* ne peut laisser faire ça plus longtemps. Je vais donc t'aider. Mais à une seule condition, mon petit Roberto.

Inquiet, *Big-Rock* considérait le vieux parrain à la retraite d'un regard torve. Carnero sourit, prit un air songeur et annonça de sa voix cassée :

— A la condition expresse que tu me livres la liste complète de tous les agents castristes à qui tu as permis de s'infiltrer dans les usines de Detroit.

— Mais...

— Je dis bien, la liste complète, Roberto. Si j'apprenais qu'il manque un seul nom, notre association serait immédiatement rompue. Et j'en tirerais certaines conclusions. Comme par exemple, la preuve que tu m'aurais trahi. Et tu sais comment on punit les trahisons, chez nous. N'est-ce pas ?

Mal remis du choc causé par l'appel de l'Exécuteur, *Big-Rock* n'arrivait plus à réfléchir clairement. Il avait seulement envie de mordre. Et aussi d'étrangler ce vieux débris qui le faisait chanter aussi. Il savait trop bien qu'une fois en possession de la fameuse liste, Carnero n'aurait plus qu'une chose à faire. Il ordonnerait l'exécution de chacun des syndicalistes cubains incriminés. Une vendetta qui ne plairait pas à tout le monde. Surtout pas à Martinez, son commanditaire cubain. Un rapport serait aussitôt fait à La Havane et, dès lors, les jours de *Big-Rock* seraient comptés. Malgré ses troupes de *soldati*, malgré tout son fric et les protections policières, il serait fatalement descendu. Les Cubains avaient le secret des commandos efficaces. Une longue expérience derrière eux. Alors, Rosario essayait de réfléchir. Il pouvait tenter de s'occuper seul de cette ordure de Bolan. A Detroit, il avait suffisamment de types capables d'avoir enfin cette ordure. On pouvait lui tendre un piège. Et, quand il l'aurait enfin, il lui ouvrirait lui-même le ventre, l'obligerait à écraser ses propres boyaux. Il accomplirait, lui, *Big-Rock,* ce que personne jusqu'alors n'avait réussi. Il serait le maître incontesté. Le plus puissant *mafioso* des States. Seulement, pour cela, il fallait maintenant refuser le marché de ce connard de Carnero. Ce que l'autre n'accepterait plus. Il en savait trop. Il voulait aussi sa reddition. Il était venu à Detroit pour ça.

Il n'y avait donc plus qu'une solution... descendre Carnero.

— Tu as tort, mon petit Roberto, lâcha doucement le vieux *don* d'une voix étrange.

Saisi à froid par l'insolite avertissement, *Big-Rock* leva un regard hésitant vers le malade. Derrière les ridicules lunettes carrées, les yeux noirs avaient l'aspect de deux sombres glaçons. Carnero desserra à peine les lèvres pour ajouter plus bas :

— Tu as tort de penser à ça. Tu sais très bien que tes gars n'arriveront pas à me descendre. J'ai la meilleure équipe de tueurs que le Syndicat ait jamais mise sur pieds. Toute ta famille serait décimée en un rien de temps.

— T'es dingue ! sursauta Rosario. Je pensais pas à ça !

— Non ? ironisa froidement Carnero.

— Non ! Bien sûr que non ! Je suis pas fou.

Un petit silence, durant lequel les deux hommes s'observèrent. Quand Carnero reprit la parole, sa voix avait encore baissé d'un ton et il avait l'air de se moquer de la réponse de *Big-Rock*.

— Alors, tu es d'accord ? Tu acceptes donc mes conditions ?

— Tu auras la liste dès demain.

— Ce soir.

— Euh, bon, ce soir. C'est O.K.

Il s'arrangerait avec Martinez. Il trouverait un moyen de noyer le poisson, collerait tout sur le dos de Carnero. La main parcheminée du vieux *mafioso* se posa doucement sur son avant-bras et il en ressentit comme une brûlure. Une très désagréable brûlure.

— C'est bien, Roberto. J'ai confiance en toi. Maintenant, écoute bien ce que nous allons faire...

Le char de guerre redescendait Michigan Avenue en direction de Old County Building. Bien que dense en cette fin de matinée, la circulation coulait sans à-coups. La pluie avait laissé place à un léger crachin blanchâtre qui ressemblait à du brouillard. Il aurait fallu un bon coup de vent venu des lacs pour repousser les nuages en direction du sud. Mais l'Exécuteur se souciait peu du temps. Son prochain objectif approchait. *Le Triesta*. Une autre boîte de nuit. Moins sélect. Une espèce de night-club d'apparence minable où officiaient quelques putains sur le retour. Mais l'intérêt de cette cible résidait dans la nature de son activité annexe : une salle de jeu clandestine située dans un sous-sol auquel on accédait par un escalier discrètement caché dans les communs de la boîte. A cette heure, les jeux étaient fermés, mais Bolan n'y allait pas pour massacrer la clientèle. Son plan d'action était des plus schématiques et l'opération ne devrait pas dépasser cinq minutes.

En frappant une série de coups préliminaires contre la mafia locale, Bolan ne jetait nullement un défi, pas plus qu'il ne considérait ces diverses actions comme une bravade. Non. Il avait simplement décidé de provoquer un maximum de réactions chez l'ennemi avant d'entrer carrément dans le grand jeu du massacre. Il prendrait alors un court recul qui lui permettrait de porter le coup définitif avec un maximum d'efficacité.

Little Carmona ne se levait jamais avant midi. Passant ses nuits à jouer au poker, gorgé de whisky comme une éponge, il ne pouvait émerger qu'après ses huit heures de sommeil comateux. En principe, les tenanciers de la famille Rosario étaient tenus à une certaine réserve. Notamment, interdiction leur était faite de risquer le fric de l'Organisation sur les tables de jeu. Une directive que l'on ne pouvait impunément transgresser. Quelques années plus tôt, un patron de bordel trop flambeur s'était retrouvé dans Huron Lake avec cent livres de béton en guise de chaussettes. Mais le cas de *Little* Carmona était un peu spécial. Son vague cousinage avec *Big-Rock* lui assurait une certaine indulgence. D'abord parce qu'il jouait très bien et perdait rarement son fric, mais surtout parce que Rosario éprouvait pour lui une sincère amitié. Un lien qui les unissait depuis l'école communale de Trieste. A l'époque, *Little* Carmona était encore beaucoup plus petit et son physique malingre, ainsi que sa laideur, lui attiraient beaucoup d'inimitiés. On le rossait souvent. Jusqu'à l'arrivée à Trieste de son grand costaud de cousin, Roberto. Dès lors, les avanies avaient cessé pour Carmona et les gnons avaient résolument changé de camp. Bien sûr, en échange de ses bons offices, Roberto rackettait un peu son nabot de protégé, mais leurs rapports n'en avaient pas été altérés pour autant. Dans la vie, il fallait savoir ce qu'on voulait. Et *Little* Carmona détestait être rossé.

Tout cela, l'Exécuteur l'avait appris de la bouche de Phil Necker. Comme il s'était renseigné sur les habitudes du patron du *Triesta*. Dans le domaine de Bolan, le hasard faisait souvent mal les choses. Il préférait donc se constituer un solide « dossier » avant de se lancer dans l'action. Cette précaution était sans doute le facteur principal de sa survie. Et, cette fois encore, son « dossier » était fourni. Avec la famille Rosario, il avait du pain sur la planche. D'autant plus si, comme il le pressentait, le vieux Carnero et ses troupes venaient piétiner ses plates-bandes.

Le *van* tourna dans Larned Street, passa devant St Andrew Hall pour s'arrêter à l'angle de Rivard Street. Bolan trouva une place sur le parking d'un Kadett store. Il passa dans le module opérationnel, rechargea soigneusement la mini-Uzi et le Beretta, se munit de deux chargeurs supplémentaires et logea le terrible AutoMag dans son étui de ceinture avant d'accrocher à sa taille deux grenades à fragmentation. Cette fois, il allait officier dans le spectaculaire. Le *Triesta* était un des principaux points de chute des *dealers* et la plaque tournante des fournisseurs de tout poil. En clair, au *Triesta*, on vendait plus d'héroïne que de Pepsi. Et ça rapportait plus. Mack Bolan éprouvait une haine féroce contre tout ce qui touchait à la drogue.

Il ferma l'imper sur sa combinaison noire, quitta le char de guerre sous les regards admiratifs de deux adolescents affairés sur le moteur de leur Suzuki 250. La peinture neuve du van avec sa déco branchée attirait régulièrement les admirateurs. Mais Bolan était tranquille. Equipé des derniers perfectionnements électroniques en matière d'antivol, le *van* blindé de partout était inviolable.

La façade du *Triesta* avait cette particularité d'être quasiment introuvable. Coincée en retrait entre deux immeubles décrépits, elle ressemblait à celle d'une épicerie dont on aurait supprimé la vitrine. Du bois peint en bleu foncé, une porte aveugle située au fond d'un couloir qui sentait l'urine de chat et bien d'autres choses encore. Près de la sonnette, une simple plaque en bois déverni annonçait : « TRIESTA, tenue correcte exigée. » Compte tenu de la clientèle habituelle, le concept de correction était basé sur celui de l'élastique. Il dépendait du nombre de dollars que chaque client se proposait d'investir sur place.

L'Exécuteur pénétra dans le couloir. Indifférent aux remugles peu engageants, il entrouvrit son imper, assura l'énorme AutoMag dans sa main, cran de sécurité ôté. Le redoutable automatique avait un aspect dissuasif évident. Pas un flingueur, même très obtus, n'aurait eu l'idée de tenir tête à un tel argument. Son index enfonça la sonnette et il lui fallut patienter deux bonnes minutes avant qu'un bruit de targette annonce l'ouverture de la lucarne qui servait de mouchard. Une face grêlée de petite vérole s'inscrivit dans le carré de vide, tandis que deux yeux charbonneux et vicieux scrutaient Bolan. D'un mouvement foudroyant, la main armée de l'AutoMag plaquée contre la porte remonta et l'épais canon se ficha dans la chair fragile entre le menton et le cou du gorille.

— Ouvre.

La voix sidérale de l'Exécuteur avait résonné comme un glas. Dans son regard se lisait la mort. L'autre eut une espèce de hoquet, voulut ébaucher un mouvement de la tête. Mais le canon s'enfonça davantage et Bolan fit simplement :

— Magne-toi.

Une clé tourna alors dans la serrure. L'autre ne quittait pas Bolan des yeux. Il devait calculer ses chances, lors de l'ouverture du battant. L'Exécuteur lui ôta ses illusions.

— Passe tes mains entre le mur et la porte.

Déconcerté par cette méthode, l'autre hésita et Bolan dut encore forcer sur le canon de l'AutoMag. Son doigt blanchissait sur la détente.

— Vite !

Le *mafioso* se décida d'un coup. Il avait compris qu'on ne lui ferait aucun cadeau. Bolan vit apparaître les grosses pognes couvertes de poils noirs entre le chambranle et le battant. Il savait que l'autre allait tenter sa chance d'une seconde à l'autre. Il s'y était préparé. D'une violente traction, il tira sur la porte. De toutes ses forces. Cela fit un bruit mou écœurant et du sang jaillit sur le bois peint. Phalanges écrasées, le gorille poussa un hurlement vite avorté. Le canon de l'automatique lui était entré jusque dans la gorge. Déjà, l'Exécuteur était dans la place. Un petit bout d'entrée, un comptoir de vestiaire vide, une porte capitonnée en faux cuir. Sans tenir compte des grognements de douleur du blessé, Bolan le plaqua contre le mur, le fouilla prestement, le délesta d'un vieil automatique 9 mm Smith et Wesson modèle 39 aux nombreuses plaques de rouille, d'un couteau à cran d'arrêt que l'homme avait dans la manche, lame sortie. Soufflant fort, le *mafioso* gémit :

— Qu'est-ce... qu'est-ce que tu veux ?
— Ton nom.
— Hein ?
— Tu t'appelles comment ?
— Ben... Steve. Pour...
— En avant, Steve.

Brutalement poussé vers la porte capitonnée, le « grêlé » renâcla encore :

— Merde ! dites-moi ce que...
— Qui est là-dedans ?
— Ben... la grosse. La taulière. Elle fait des comptes.
— Donna ?

L'autre parut surpris que Bolan connaisse le nom de sa patronne. Il fit simplement « oui » de la tête.

— Seule ? insista l'Exécuteur.
— Oui. Le *boss* dort. Là-haut.
— Pas de collègues à toi ?
— Non... non. Le matin, je suis seul. C'est moi qui vais porter le fric à la banque.

Une partie seulement de la recette. Méfiance du fisc oblige ! Mais Bolan se moquait de ces détails. Il enfonça un peu plus le canon de l'AutoMag sous le menton du gorille et ordonna :

— On va dire un mot à Donna.

L'un poussant l'autre, tandis que le blessé laissait un pointillé de sang sur leur passage, ils débouchèrent dans la salle mal éclairée du *Triesta*. Au fond : un comptoir rétro avec ses alignements de bouteilles sur les étagères et une caisse enregistreuse à son extrémité. La moquette rouge était d'une saleté repoussante et les tables entourant le confetti figurant la piste de danse n'avaient sans doute pas été nettoyées depuis la création de la boîte. Une suffocante odeur de tabac froid, de sueur, de hasch et de mauvais parfums prenait immédiatement à la gorge.

— Qu'est-ce que c'est, *Stivie* ?

Juchée sur un haut tabouret, la main gauche sur les liasses de billets et un stylo dans la droite, la grosse Donna ressemblait exactement à ce qu'elle était : une mère maquerelle de bas étage. Sur son nez camard, de larges lunettes à monture rose atténuaient le maquillage outré des yeux aux paupières gonflées d'alcool et d'insomnie. Elle allait reposer sa question avec un rien d'irritation quand, levant les yeux et clignant des paupières, elle vit enfin apparaître les deux hommes. Bolan plaqua Steve contre le comptoir, l'obligea à écarter les bras sur le zinc. Dans un sursaut, l'énorme Donna voulut faire disparaître une de ses mains dans le tiroir-caisse.

— Un geste, et je vous descends tous les deux. O.K. ?

La voix de l'Exécuteur stoppa instantanément la maquerelle. Elle ouvrit la bouche en faisant trembler plusieurs de ses mentons gigognes, la referma sans qu'aucun son n'en sorte. Bolan poussa immédiatement son avantage, ordonna à la tenancière :

— Arrachez le fil du téléphone et conduisez-moi auprès de Carmona.

Donna se cabra.

— *Little*, il est pas là.

Tranquillement, Bolan avait sorti le Beretta et l'avait substitué à l'AutoMag dans la nuque du flingueur.

— Dis-lui qu'elle se dépêche, Steve.

Sous la menace de l'automatique, Steve se raidit. Il souffrait atrocement et ses doigts écrasés pissaient le sang. Donna louchait vers la tache rouge qui s'élargissait sur le comptoir. Sans émotion apparente. Pour elle, Steve n'était sans doute qu'une histoire de sexe. Forcément. Le bruit circulait sournoisement que *Little* Carmona était devenu impuissant à la suite d'une bagarre dans un bouge de Frisco. Mais l'Exécuteur était loin de ce genre de problème. Il ne pouvait se permettre de laisser la femme et le flingueur sur place tandis qu'il irait cueillir *Little* dans sa chambre, à l'étage.

Ce fut le porte-flingue qui, brusquement, lui apporta la solution. Croyant pouvoir jouer à la surprise, il empoigna une bouteille d'alcool sur le comptoir, en fracassa le culot sur la rampe en cuivre et leva son arme improvisée en se jetant sur Bolan. C'était évidemment stupide. Une infime pression sur la détente du Beretta libéra une balle brûlante qui fit instantanément disparaître le nez du gorille avant de lui traverser la tête.

CHAPITRE VII

Bolan s'écarta de la trajectoire du cadavre qui s'écroula d'une masse, encore secoué de soubresauts. En une fraction de seconde, le canon du Beretta avait changé de cible. Aveuglée par le sang qui avait inondé ses lunettes, Donna sentit l'arme s'enfoncer dans son cou trop gras.

— Conduisez-moi .

Toujours aussi glacée, la voix de Bolan la fit frissonner. D'un coup, elle avait perdu tout sens de la dignité. Couinant des mots incompréhensibles, elle s'arracha pesamment de son tabouret. Bolan attrapa le fil du téléphone, l'arracha, poussa la grosse tenancière devant lui. Matée, elle gémit :

— Qu'est-ce que vous allez lui faire, à *Little* ?

Malgré les nombreux coups de canif au contrat, elle en pinçait pour son nabot. Bolan en eut soudain pitié. Il demanda :

— Où y a-t-il un placard ?
— Un...

Elle voulut se retourner, mais l'Exécuteur la pressa.

— Ne me faites pas répéter.

Elle comprit, laissa éclater un bref sanglot sourd et céda d'un coup.

— Par là, indiqua-t-elle dans un souffle.

Elle désignait une porte marquée « toilettes ». L'endroit était d'une saleté repoussante et devait d'avantage servir aux « piquouses ». Il y avait même du sang sur un des murs. Un maladroit avait dû s'y prendre à plusieurs fois pour s'enfoncer l'aiguille dans la veine. Ecœurant. Une seconde, Bolan eut envie de loger une balle dans cette grosse carcasse suiffeuse, mais se retint. Pour lui, tuer un homme était désormais relativement facile, mais descendre une femme...

— C'est là.

Donna s'était arrêtée devant une porte crasseuse. Bolan l'écarta, tourna une clé, ouvrit lui-même, constata que le réduit ne contenait que des balais et des seaux, matériel qui ne servait visiblement pas souvent.

— Entrez.

Bajoues tremblantes, s'essuyant maladroitement le visage d'un revers de manche, elle hésita, finit par obéir et retint la porte avant qu'elle ne se referme, puis demanda :

— Qui vous êtes ?
— Mack Bolan, laissa tomber l'Exécuteur.
— Mack... Bo...

Ses bajoues tremblèrent de plus belle et son odieux masque de carnaval parut se rétracter. Plus morte que vive, elle parvint quand même à poursuivre :

— Bo... Bolan. L'Exécuteur ? Hein ?

Bolan hocha la tête.

— Vous leur direz que c'est moi qui ai descendu *Little*.

Paradoxalement, elle le regardait soudain avec moins de peur. Dans ses gros yeux globuleux d'où coulaient rimmel, sang et larmes mélangés, se lisait la haine à l'état pur.

— Fumier! grinça-t-elle entre ses dents soudées. Espèce d'enculé de merde! *Big-Rock* va te buter. Lui, il te ratera pas. Juré! Sur la mémoire de *Little*.

Bolan coupa court au chapelet d'invectives en refermant la porte sur elle et en la verrouillant. Il s'attendait à ce qu'elle hurle ou cogne contre le battant, mais il n'en fut rien. Finalement, elle n'avait peut-être pas très envie de voir se poursuivre son idylle avec *Little* Carmona.

En deux bonds, l'Exécuteur s'était retrouvé dans un escalier puant. La moquette aux taches douteuses étouffait les bruits de son ascension. Désormais, les précautions étaient superflues, Carmona n'avait aucune raison de se méfier. Sur le palier de l'étage, il y avait trois portes closes. Méthodique, Uzi à la hanche, Bolan les ouvrit à la volée. La dernière fut la bonne. A son entrée dans la chambre étonnamment propre et tendue de tissu à fleurs, la forme qui dormait à plat ventre sur les draps chiffonnés émit un borborygme grasseyant en tournant vers l'intrus un visage étroit et blême où luisaient de petits yeux noirs immédiatement aux aguets. Une mèche de cheveux gras et bruns coupait le front de *Little* Carmona en oblique, lui retombant sur un œil comme une grosse virgule raide.

— Qu'est-ce que...

Little devait être un esprit vif. Sa main était déjà partie se nicher sous l'oreiller. Bolan savait tout des armes et des réflexes des hommes. Il attendit de voir le gros automatique Colt Combat Commander se lever dans sa direction avant de déclencher l'enfer. La balle de .45 A.C.P. n'eut pas le temps de franchir le canon du Colt. Une douzaine d'ogives brûlantes avaient déjà complètement haché la tête et le cou du *mafioso*. Ses yeux avaient disparu dans un magma informe et son menton arraché laissait voir la mâchoire supérieure déchiquetée. Une seule balle aurait suffi à occasionner la mort, mais Bolan voulait faire savoir à la Mafia qu'il n'y aurait ni quartier, ni pitié. Dans l'âcre fumée chargée d'odeur de cordite, l'Exécuteur s'approcha du lit inondé de sang, fit sauter un petit objet brillant au creux de sa main libre, le jeta aux pieds nus du mort.

Une médaille de tireur d'élite. Même si Donna succombait à une crise cardiaque, le message parviendrait à *Big-Rock*.

*
**

— T'es dingue, ou quoi ?

Rosario considérait le vieux Carnero comme s'il avait affaire à un dément total. Ses bajoues en tremblaient de plus belle, mais, face à lui, enfoncé dans son fauteuil, l'ancien patron de Detroit l'observait avec l'air tranquille d'un farceur depuis longtemps habitué à ses propres blagues. Rosario reprit, en se penchant en avant :

— Ça marchera jamais. D'ailleurs, ces types-là ne connaissent rien à...

— Tss, tss ! laissa tomber Carnero en élevant une main apaisante. Ne crie pas, Roberto. Essaie plutôt de comprendre mon idée.

— Pour comprendre, je comprends. Ta combine

est tout juste bonne à me foutre dans la merde. Cuba me pardonnerait jamais une telle connerie. Pas question.

Le ton de Rosario était définitif. Pourtant, Carnero n'avait pas l'air de saisir pleinement. Derrière ses insolites lunettes, il lança un regard amusé à son vis-à-vis, ébaucha une ombre de sourire serein.

— Tu sais très bien que tu n'as pas le choix, répliqua-t-il de sa voix doucereuse. Tu es venu me faire une proposition que j'ai acceptée, Roberto. Tu dois tenir compte de mon avis, ou notre association deviendra nulle et la guerre sera inévitable entre nous. Ce sera parfaitement stupide et imprudent, tu ne crois pas ?

L'autre lui jeta un regard de défi. Même à mots couverts, personne ne l'avait plus jamais menacé depuis sa prise de pouvoir à Detroit. Il demanda, menaçant à son tour :

— Comment ça, imprudent ?

Un moment de réflexion de la part de Carnero qui prit le temps de resserrer les pans de sa robe de chambre autour de lui avant de déclarer doucement :

— Tu prendrais trop de risques, Roberto. Bien trop de risques inutiles pour ta vie.

Rosario sursauta, faillit se ruer sur le vieillard qui ne broncha pas.

— Tu veux dire que... tu me menaces ?

— Ne dis pas de sottises, contra calmement Carnero. Nous prendrions tous les deux des risques insensés, bien sûr. Une guerre entre nous nous menacerait directement tous les deux. Seulement, moi, je suis vieux et au bout du rouleau. Toi, tu es encore jeune et en pleine ascension. C'est donc forcément toi qui prendrais le plus de risques. Et qui, de ce fait, se montrerait le plus stupide de nous deux ?

Peu habitué aux finesses des arguments verbaux, Rosario était un peu dépassé par le discours de Carnero. Il était venu pour régler des comptes, se retrouvait devant un ennemi insaisissable. Tout lui paraissait décalé et il n'avait plus qu'une envie : rentrer chez lui pour réfléchir avant de donner une réponse. Il demanderait conseil à son *consigliere*, le ferait tuer en cas d'erreur de jugement. Durant ce temps de réflexion, Carnero l'observait par-dessus ses lunettes. De sa voix feutrée, il questionna :

— Tu cherches le moyen de me doubler, n'est-ce pas, mon petit Roberto ?

Rosario refréna un haut-le-corps, se défendit gauchement :

— T'es fou ! Je...

Mais le téléphone posé près de Carnero lui coupa la parole. Le vieux *mafioso* décrocha, écouta, tendit une nouvelle fois le combiné.

— Encore pour toi.

Derrière les lunettes carrées, une lueur étrange luisait. Raide de saisissement, Rosario s'empara de l'appareil d'un geste plein de méfiance. Quand il le reposa un instant plus tard, il avait encore dans les oreilles le son haletant de la voix de Donna. Ce qu'elle venait de lui apprendre lui laissait un poinçon de glace dans la poitrine. Silencieux, il se leva pesamment, fixa Carnero d'un regard presque absent, grogna entre ses dents, tandis que ses bajoues tremblaient un peu plus :

— Pour ta proposition, c'est O.K. Je m'occupe de ça tout de suite.

— A la bonne heure, murmura sobrement Carnero.

Il suivit son dos épais d'un regard lourd de sous-entendus, esquissa un sourire de vieux fauve quand Rosario passa la porte. Décidément, il avait encore beaucoup de choses à apprendre à ceux de la nouvelle génération. Mais Rosario allait payer très cher sa dernière leçon.

CHAPITRE VIII

Tout se brouillait dans la cervelle de *Big-Rock*. Il avait l'impression d'être pressé comme un citron et de ne plus pouvoir penser sainement. Cette vieille ordure de Carnero l'avait obligé à appeler la *Commissione* pour demander aux huiles de New York de lui envoyer quelques spécialistes. Des instructeurs. A croire que le vieux connard avait décidé de déclencher la guerre mondiale. N'empêche que *Big-Rock* avait fini par appeler la *Commissione*. C'était la condition *sine qua non* de leur association. Et une garantie de paix... provisoire. Car dès que Bolan le fumier serait réduit en charpie, Carnero ferait tout son possible pour l'éliminer, lui, *Big-Rock*, le *boss* de Detroit. C'était cousu de fil blanc et Rosario était un vieux chacal. Il avait sa petite idée sur la suite des événements. On verrait bien qui de lui ou de Carnero serait bouffé le premier par les asticots.

De rage, il envoya un coup de son poing potelé dans le dos d'un canapé. Le velours rouge craqua sinistrement, se déchira sur toute sa hauteur. Malheureusement, sous le lourd tissu, il y avait le bâti en bois du siège. Le poing un peu trop fragile du *mafioso* rencontra brutalement une traverse qui sonna sourdement sous l'impact. *Big-Rock* demeura une seconde figé, bouche ouverte sur un cri qui refusait de sortir. Enfin, la douleur fulgura dans sa main, puis dans tout son bras. Il éructa une obscénité, faillit danser sur place, tant la douleur était intense. Sous les phalanges blêmes, une petite veine avait éclaté, formant un hématome instantané qui gonflait de façon alarmante.

— Donato !

Le hurlement de *Big-Rock* fit trembler les verres du bar, tandis que la double porte en acajou du salon s'ouvrait à la volée. L'immense Donato apparut, un énorme .45 au poing. Il se pétrifia sur le pas de la porte, considérant son patron d'un regard indécis. Sans doute s'était-il attendu à trouver Rosario aux prises avec un commando de flingueurs.

— Ne reste pas comme un con ! lui lança *Big-Rock* en secouant sa main. Appelle-moi Dialo. Vite !

Désarçonné, le *caporegime* rengaina l'automatique, disparut, revint bientôt accompagnant le masseur noir qui roulait des yeux effarés.

— J'ai dû me casser la main, fit sobrement *Big-Rock* en ravalant sa grimace. Magne-toi de me remettre ça en état. Et toi, indiqua-t-il, Donato, ramène-moi cette pute de Manuela. Au galop. Si tu la trouves pas chez elle, retourne toute la ville. Je la veux ici dans...

Le hurlement de douleur qu'il poussa ensuite fit battre Donato en retraite. Livide, Rosario se laissa tomber dans un fauteuil. Dialo se pencha sur lui, parcourant la main contusionnée d'attouchements précautionneux.

— Pas cassé, fit-il, l'air docte et craintif. On va soigner ça, *boss*.

Big-Rock lui retira sa main, lui envoya une ruade dans les tibias.

— Si c'est pas cassé, fous le camp. On verra ça plus tard.

A la fois dépité et soulagé, le Noir recula jusqu'à la porte qu'il referma derrière lui. Rosario poussa un soupir douloureux, considéra sa main d'un regard de doute, demeura ainsi un long moment. En réalité, il ne songeait déjà plus à la veine éclatée. Son souci immédiat était dirigé vers la jeune et séduisante personne de Manuela. Depuis que Corani lui avait fait part des confidences salaces de cet abruti de Manoli, il avait l'impression d'avoir de la purée à la place de la cervelle. L'idée que cette garce s'envoyait en l'air avec un de ses hommes lui causait des cauchemars. Tant que ce problème ne serait pas réglé, il n'arriverait plus à penser normalement. Il allait donc le résoudre. A sa façon.

La pluie s'était arrêtée et le char de guerre roulait paisiblement dans Woodward Avenue. Bolan laissa Baptist Church sur la droite, poursuivit son chemin en direction de Wayne State University. Environ à mi-chemin se trouvait le quartier chinois de Detroit. Un véritable petit empire sur lequel régnait un gros poussah nommé Choo Lien Tzu. Le maître incontesté de la forte colonie asiatique que comptait la ville. Pourtant, Choo Lien n'était qu'un vassal. En fait, il obéissait aveuglément aux ordres de *Big-Rock*. Autrefois, ç'avait été la guerre entre les deux hommes, mais, trop intelligent pour continuer dans cette voie, le Chinois avait vite compris qu'un gros gâteau partagé valait mieux que pas de gâteau du tout. Contre association sur les bénéfices, *Big-Rock* lui avait laissé la gestion de ses innombrables restaurants et de son tentaculaire négoce en bimbeloterie made in Hong Kong. Un ensemble d'activités qui rapportaient une véritable fortune. Et, en échange de son allégeance, Choo Lien bénéficiait de la formidable infrastructure et de la protection de la mafia. Un marché qui n'était plus à remettre en question. Alors, une fois par semaine, en compagnie de Nero Cabrizzi, le comptable de *Big-Rock,* Choo Lien Tzu sacrifiait au contrôle des marchandises livrées aux entrepôts *Chinese Import* par containers plombés. Une fois par semaine et à la même heure, la longue Mercedes blindée rouge, rachetée à un émir du Golfe, faisait son entrée dans les immenses entrepôts, suivie par quatre Cadillac noires pleines à craquer de soldats aux yeux bridés et à la gâchette hyper-sensible. Là, selon un cérémonial établi de longue date, on faisait sauter les plombs des containers et, durant des heures, sous le contrôle conjoint du comptable et du Chinois, on additionnait, on pesait, on répertoriait les petits sachets découverts dans les faux ivoires, dans la bimbeloterie. Un travail harassant qui pouvait s'éterniser jusqu'au milieu de la nuit.

L'Exécuteur aurait donc pu opérer beaucoup plus tard, alors que les esprits se fatiguent et que les réflexes des flingueurs s'émoussent. Mais il avait décidé de frapper sa troisième cible dans la foulée des deux premières, dans le but d'affoler *Big-Rock*. Il ne voulait plus lui laisser le moindre répit. Selon une stratégie qui avait déjà fait ses preuves, il avait décidé de frapper vite et fort. La méthode du harcèlement. La famille Rosario était une des plus importantes et des plus puissantes du pays. Bolan appliquerait donc la technique du rouleau compresseur, tout en observant, de loin, les réactions de celui qu'il s'était désigné comme ultime objectif : *Big-Rock* lui-même.

La caravane venait de tourner dans Peterboro Street. Bolan continua à rouler sur une centaine de mètres, passa devant les longs bâtiments aux verrières délabrées, nota la présence d'une voiture occupée par quatre hommes, placée en protection aux abords de la grande porte ouverte à deux battants. Le char de guerre poursuivit sa route, tourna deux fois à droite avant de revenir vers Woodward Avenue par Sfimson Street où s'ouvrait la deuxième entrée des entrepôts. Les camions entraient d'un côté pour décharger la marchandise, ressortaient de l'autre. Un système qui avait l'avantage de simplifier les manœuvres à l'intérieur des bâtiments. Exactement comme Phil Necker l'avait expliqué à Bolan. Ainsi, le char de guerre pourrait opérer avec un maximum de mobilité. Premier impératif : la rapidité d'intervention. Quant au deuxième, Bolan s'y était méticuleusement arrêté, il n'était pas question de faire courir le plus petit danger à de possibles manutentionnaires innocents. Mais Necker s'était montré catégorique sur ce point. Le jour de livraison, seuls les hommes de « confiance » de Choo Lien avaient accès aux entrepôts. Et pour cause ! L'héroïne et l'opium destinés aux fumeries clandestines de Choo Lien...

Au moment que choisirait l'Exécuteur pour déclencher l'enfer, il n'y aurait donc pas d'innocents à l'intérieur des bâtiments. Il gara sagement le *van* à l'intersection de Cass Avenue, passa dans le module opérationnel, brancha la surveillance vidéo, régla le zoom de manière à ne rien rater de ce qui allait se passer aux abords des entrepôts, vérifia une dernière fois le matériel dont il aurait besoin. Puis, tout en gardant un œil sur l'écran de contrôle, il passa sa combinaison noire et revint se placer derrière le volant.

Tout était prêt pour son premier vrai *Blitz* contre la famille Rosario.

Il n'eut pas à attendre longtemps. Dix minutes à peine s'étaient écoulées, quand la rutilante Mercedes vermillon à six portières et sommée d'une multitude d'antennes tourna à l'angle de Cass Avenue. Précédée et suivie de quatre autres véhicules noirs bourrés de soldats aux profils nettement asiatiques, elle passa lentement le long du char de guerre. A cause de ses glaces teintées, il était impossible d'en distinguer les occupants. Mais, grâce aux renseignements de la taupe fédérale, l'Exécuteur savait. Hormis le chauffeur-garde du corps derrière son volant, le joyau allemand n'était occupé que par Choo Lien et le comptable de *Big-Rock*.

Le cortège pénétra bientôt dans les entrepôts, y disparut comme un banc de poissons dans la gueule d'une monstrueuse baleine. Dehors, dans une cour intérieure, les camionnettes de livraison attendaient leur tour d'embarquer les marchandises à mesure que s'effectueraient les contrôles. Elles étaient toutes marquées au nom de *Chinese Import* avec, chacune, un chauffeur derrière le volant. Une organisation parfaite.

Bolan ébaucha son sourire glacé. Comme toute organisation apparemment parfaite, celle-ci comportait une faille. En effet, pour permettre le ballet des camionnettes, les portes métalliques des hangars devaient demeurer ouvertes.

Bolan consulta la montre de bord. Selon les indications de Necker, il pouvait suivre en pensée le déroulement des événements. La Mercedes s'était arrêtée devant le mur des containers alignés, tandis que les voitures de protection formaient un arc de cercle autour d'elle et que les soldats, armes en main, prenaient leurs positions. Un scénario répété semaine après semaine. Une autre faille dans le système, la routine. Mais qui aurait pu prévoir qu'on s'attaquerait un jour à la formidable puissance de la mafia locale ? Davantage par paresse que par prudence, Choo Lien se contentait de baisser sa glace de portière. Pour mieux voir. Un antique boulier posé sur la tablette du mini-bureau de bord, une liste dactylographiée sur les genoux, il manipulait les boules d'ivoire avec sa dextérité habituelle. A partir de cet instant, rien ne pouvait le détourner des chiffres qui s'alignaient sous ses doigts. Même dans sa forme théorique, l'argent avait sur lui un effet considérable.

D'un coup, la pluie se remit à tomber. Des gouttes rageuses s'écrasèrent sur le pare-brise blindé du char de guerre et Bolan eut un nouveau regard vers la montre de bord. Il était temps. Il fit basculer devant lui le couvercle d'un boîtier de commande électronique, opéra quelques réglages, fit monter les quatre missiles incendiaires dans les tubes de tourelles de toit et débloqua le verrou de sécurité de mise à feu. Puis il tourna enfin la clé de contact du *van*.

Deux cents mètres le séparaient des portes béantes des entrepôts.

Le moteur du char de guerre gronda, le lourd véhicule déboîta, prit peu à peu de la vitesse. Quand il franchit les grilles de la cour, sa vitesse n'excédait pas soixante km/h. Du coin de l'œil, l'Exécuteur vit les têtes des chauffeurs de camionnettes se tourner vers lui avec ensemble, mais, déjà, son pied enfonçait la pédale d'accélérateur. Le *van* bondit en avant, poussé sous la formidable puissance de son gros moteur Toronado, arrachant au passage l'avant d'une fourgonnette qui s'était imprudemment avancée. Un capot vola, suivi d'une aile jaune qui alla percuter le pare-brise d'un autre véhicule en stationnement. Le char de guerre passa en trombe sous le portique d'entrée, sauta un rail de fermeture. Dans le même temps, ses phares s'allumèrent et la tourelle lance-missiles jaillit de son alvéole de toit. Devant, à dix mètres : l'arc de cercle des Cadillac de protection. Au-delà, une imposante rangée de containers gris et des hommes affairés autour. Apparemment tous Asiatiques. Bolan repéra le premier soldat à l'instant où, dans un virage impeccable, il venait de placer l'avant du *van* en direction de la seconde entrée. En un éclair, il vit l'homme s'éjecter de derrière son container et vider tout un chargeur à la volée. Les trente projectiles de 7,62 « Simonov » s'écrasèrent sur le nouveau pare-brise feuilleté au diuréthane remplaçant celui qui avait été endommagé à Phoenix (1) et qui était conçu pour résister aux balles. Les kalashnikov soviétiques n'avaient aucune chance contre ce joyau du dernier cri de l'industrie miroitière américaine. Aussi l'Exécuteur ne s'inquiéta-t-il pas davantage quand il vit surgir la quinzaine de

(1) Cf. « Furie à Phoenix » Exécuteur N° 55.

flingueurs autour de son monstre d'acier. Assourdies par les épaisseurs d'acier et d'isolant de la nouvelle protection de carrosserie, les détonations étaient à peine audibles par-dessus le bruit du moteur. Il vit des éclairs fulgurer, perçut des centaines de crépitements ridicules. La vitre de droite frémit sous les impacts, mais fut à peine écaillée par la furia des balles quasiment tirées à bout portant. Tranquillement, l'Exécuteur cherchait à localiser Choo Lien Tzu. Bien sûr, dès l'arrivée du *van*, le Chinois avait prestement remonté sa glace de portière fumée. Rien à faire pour distinguer quoi que ce soit à travers. Il fallait maintenant comparer les blindages respectifs des deux véhicules. Bolan n'était pas inquiet. Il arma les deux lance-grenades Colt de 40 mm qu'il venait d'adapter aux meurtrières de portières astucieusement noyées dans les décorations extérieures, enclencha simultanément les deux mises à feu. Les engins ricochèrent sur le ciment du sol, roulèrent chacun vers un groupe de *sino-mafiosi*. L'un d'eux ouvrit une bouche démesurée en levant son kalashnikov bien haut, comme pour s'en protéger le visage. Les déflagrations firent jaillir des gerbes de feu, tandis que les billes d'acier constituant les charges fulguraient tous azimuts. Des corps disloqués volèrent, du sang éclaboussa les vitres du *van*, tandis que des flammes rageuses commençaient à investir l'immense local. Un bras encore armé vint percuter le nez du char de guerre, resta un instant accroché au rétro extérieur, avant de tomber. Un des *sino-mafiosi* encore vivants leva son fusil d'assaut, pointa le canon sur le pare-brise, à moins de deux mètres du visage de Bolan. L'homme avait la face en sang et un regard de fou. Il ouvrit la bouche dans un rictus démoniaque, pressa la détente de son arme. L'Exécuteur ne put empêcher ses paupières de clignoter en voyant les balles ricocher sur le verre. En d'autres circonstances, il aurait souri de la stupidité du petit Chinois. Par juste retour des choses, celui-ci venait d'encaisser de plein fouet une partie de ses propres balles renvoyées par le verre renforcé. Sous les impacts des ricochets, le *sino-mafioso* tressauta. Tout son corps parut se déchiqueter, s'éclater en une multitude de morceaux qui s'égayèrent dans toutes les directions. L'homme était encore debout, kalashnikov levé, alors que de son cou affreusement haché s'échappait un geyser de sang épais. Mais Bolan avait cessé de s'intéresser à l'imprudent. Il venait de manœuvrer la tourelle lance-missiles. Sur le petit écran de visée, la silhouette de la grande Mercedes était figurée en une masse orangée. Sous la pression du pouce de l'Exécuteur, un petit point rouge sombre se déplaça, vint se fixer à l'emplacement de la vitre arrière, derrière laquelle Choo Lien Tzu se croyait sans doute à l'abri. Mais Bolan dut différer son tir. Quatre Chinois venaient de surgir d'un rideau de flammes. Deux commencèrent à canarder sévèrement le flanc du *van*, tandis que les deux autres fonçaient vers l'avant, portant une mitrailleuse légère et un paquet de rubans-chargeurs. Un feu nourri se déclencha immédiatement. Ce fut comme l'attaque d'un nuage de sauterelles. Un crépitement formidable fit frémir le char de guerre, écaillant la peinture, l'acier et le verre. Mais Bolan n'avait plus qu'un souci en tête. Il venait de voir la Mercedes s'ébranler devant lui, se frayant un passage, poussant de côté l'arrière d'une Cadillac de protection abandonnée par ses occupants dès le début de l'attaque. Si Choo Lien parvenait à s'enfuir, le *Blitz* serait terminé. Sur un échec. Car l'Exécuteur se voyait mal poursuivre sa guerre dans les rues de Detroit. D'ailleurs, le temps passait et il ne pouvait plus s'éterniser. Un incendie se déclarait et les flics allaient rappliquer. D'un coup de volant rapide, l'Exécuteur fit décrire une courbe à son tank camouflé, coupa la retraite de la Mercedes. Dans le même temps, il envoya deux autres grenades Colt dans les jambes des assaillants. Les deux servants de la mitrailleuse prirent l'une des charges de plein fouet, tandis qu'un autre flingueur était catapulté comme un pantin contre le coin d'un container, criblé d'éclats de billes d'acier. De tous côtés, des morceaux de verrière s'abattaient dans une pluie scintillante, se pulvérisant en touchant le sol ou s'enfonçant dans les corps des *mafiosi* survivants qui couraient comme des abeilles affolées, tiraillant sans efficacité sur le *van* blindé. De nouveau, Bolan centra la Mercedes sur son écran de tir. Il fit jouer les deux curseurs de superposition visée-tir synchronisés et enfonça aussitôt le bouton de mise à feu. Une comète orange vif fulgura sur le toit du char de guerre, accompagnée d'un grondement rageur. Un dixième de seconde plus tard, la luxueuse Mercedes parut se gonfler sur place avant d'exploser dans un déchaînement de feu et d'acier. Bolan avait prudemment abrité le *van* derrière un container. A une trentaine de mètres, ce fut subitement l'enfer. Des poutrelles s'écrasaient dans un déluge sonore, des pans de murs s'écroulaient et le feu ravageait les locaux industriels. Inutile de se poser des questions sur le sort de Choo Lien Tzu. Il avait instantanément été transformé en lumière et en chaleur.

Il fallait déguerpir, à présent. Tout de suite. Tourelle rentrée en catastrophe, le char de guerre se fraya un passage mouvementé entre les amoncellements de débris. Louvoyant entre les rideaux de flammes, il fonça vers l'ouverture désormais largement agrandie des portes par lesquelles il était entré. Dans la grande cour, une épaisse fumée tourbillonnait au gré d'un vent rabattant. La pluie plaquait des choses grasses et calcinées sur le ciment et une roue du *van* écrasa une jambe qui avait perdu sa chaussure. Au-delà des grilles, des voitures s'étaient amassées et une petite foule commençait à s'agglutiner à distance respectueuse. L'Exécuteur appuya sur l'accélérateur et le *van* bondit. Au passage, il broya littéralement l'avant de la dernière fourgonnette qui tentait de fuir. En fonçant dans Peterboro en direction de Woodward Avenue, l'Exécuteur sentit des dizaines de regards effarés suivre la course du char de guerre. Il n'était évidemment plus question de circuler en ville à bord d'un véhicule si voyant. Heureusement, avant de se lancer dans son *Blitz*, Bolan avait pris certaines dispositions. Il fallait trouver un coin tranquille.

Et il avait sa petite idée sur la question.

CHAPITRE IX

— Non! Arrê...
Le coup atteignit Manuela au foie. Un méchant coup de pied qui la plia en avant. Elle hoqueta de douleur, se laissa glisser sur le côté et se répandit sur la moquette végétale à grosses tresses qui couvrait le sol de la salle de gymnastique. Livide de rage, ayant pris soin d'envelopper sa main blessée dans un épais bandage, *Big-Rock* n'arrêtait plus de frapper. Du poing gauche et des deux pieds. Manuela saignait de la pommette et de la bouche. Elle voulut se redresser, lever les yeux vers Rosario, reçut un autre coup de pied dans le bas-ventre. Elle couina de souffrance, se ramassa dans la pose du fœtus en se protégeant des deux bras. Dans un sanglot, elle parvint à grogner encore :
— Arrête... arrête! Roberto!
Elle était pitoyable, laissait les larmes et le sang souiller son visage de fausse madone. De son corsage en lambeaux s'échappait parfois un sein superbe qu'elle protégeait tant bien que mal. Mais *Big-Rock* était comme fou. Dans sa tête passait sans cesse un film imaginaire au cours duquel Manuela et Dick Manoli se livraient à des ébats compliqués

et passionnés. Il en devenait malade. Il avait envie de tuer, de défoncer ce magnifique corps supplicié à coups de pied. Dire qu'il avait failli avoir cette salope dans la peau ! Tout arrivait décidément en même temps. Manuela qui le lâchait, ce vieux con de Carnero qui le faisait chanter et Bolan le fumier qui venait semer la merde dans sa ville ! Il avait envie de massacrer la terre entière.

— Roberto !

Il venait d'envoyer un coup de pied purement instinctif dans la hanche offerte de Manuela. Elle n'avait prononcé son prénom que par automatisme. Elle n'espérait plus aucune clémence, avait désormais compris que son sort était scellé. On allait retrouver son corps dans la Detroit River... ou ne pas le retrouver du tout. Si elle avait su ce qui se passait dans la tête de *Big-Rock*, elle aurait peut-être encore eu un espoir, se serait risquée à le faire flancher. Mais elle ne pouvait savoir qu'à cet instant, le maître de Detroit éprouvait du chagrin. Pas vraiment de quoi apitoyer un juge impartial, mais un état d'âme quand même. *Big-Rock* pleurait intérieurement sur lui-même. Il avait décidément trop de malheurs en même temps.

— Salope !

Il frappa de nouveau du pied. En plein visage de la jeune femme qui hurla de douleur. Du sang apparut à ses lèvres et elle se tassa un peu plus sous la nouvelle avalanche qui arrivait. Subitement, la rage de *Big-Rock* venait de décupler.

— Tu vas crever, éructa-t-il en frappant encore. T'aurais pas dû, Manuela. T'aurais pas dû me prendre pour un con. Tu vas y passer comme tous ceux qui se sont foutus de moi. Je suis le maître, tu saisis ? Le maître !

Il avait besoin de parler, de se justifier face à cette fille qui avait su, un moment, lui prodiguer ce qu'il avait pris pour une vraie passion. La belle, la talentueuse, la superbe putain ! Et il frappa encore, faisant du bout du pied éclater les lèvres de Manuela, lui meurtrissant un sein, lui enfonçant le ventre à coups de talon. Se tordant sur le tapis râpeux, la jeune femme ne criait plus. Parfois, un râle aigu ou sourd passait ses lèvres ensanglantées. Elle n'avait même plus la force de pleurer. Soudain, la porte du gymnase s'ouvrit derrière *Big-Rock*. Il l'entendit à travers une sorte de brouillard sonore, se retourna, prêt à hurler. Dans l'encadrement se tenait Corani, son second *sotto capo*. Il était aussi livide que son *boss*.

— Qu'est-ce que tu viens m'emmerder, toi ! éructa Rosario.

Corani déglutit avec peine, jeta un furtif regard à Manuela qui se tordait à terre, grogna entre ses dents serrées :

— C'est Choo Lien, patron.
— Quoi, Choo Lien ?

Big-Rock avait posé la question sans le vouloir vraiment. Il pressentait déjà une nouvelle catastrophe.

C'était un tout nouveau compresseur. Un appareil de professionnel fourni par un ami de Jack Grimaldi, ainsi que la peinture métallisée fortement siccative qui l'accompagnait et qui séchait en moins de dix minutes. Le « droguiste » lui avait également donné l'enduit à base de résine qui permettait de boucher les orifices de projectiles sans laisser la moindre trace.

L'Exécuteur s'était mis au travail dès son arrivée dans la petite clairière et avait achevé son travail de réfection de la carrosserie en moins d'une demi-heure. Cela tenait évidemment plus du bariolage que de l'œuvre d'art, mais le résultat seul comptait. Plaques minéralogiques changées, le char de guerre était désormais méconnaissable à quiconque l'avait identifié lors du *Blitz* de Peterboro Street. Il rangea son matériel, revint se poster derrière la forte lunette d'approche dont était équipé le *van*. Un zoom capable de discerner un bouton de manchette à plus d'un mile, joyau technique utilisé par les cameramen de la N.A.S.A. Et, posté sur les collines boisées entourant Mont Clemens, il avait une vue privilégiée sur le lac Saint Clair et la petite enclave dans laquelle s'inscrivait la propriété de Roberto Rosario. Une villa de milliardaire dans un cadre enchanteur de réserve forestière. Au-delà du lac, très loin à l'est et par temps clair, on pouvait apercevoir les lumières de la ville canadienne de Wallaceburg. Mais Bolan n'était pas venu ici pour admirer le panorama. Pour la seconde fois, il s'était rendu sur place pour observer le Q.G. de luxe de son ennemi. D'après Phil Necker, *Big-Rock* menait ici une vie de prince. Plus de mille mètres carrés d'habitation, sur dix-sept hectares de parc et de bois giboyeux. Le tout, entouré de hauts murs doublés d'un triple rang de barbelés électrifiés. Un complexe surveillé nuit et jour par des hommes en armes patrouillant dans le parc et par tout un réseau de caméras vidéo dissimulées dans les arbres. En fait, *Big-Rock* était mieux gardé que le Trésor américain à Fort Knox.

Mais le char de guerre recelait un matériel capable de rivaliser avec celui de *Big-Rock*. Notamment, le système de détection sonore I.R.A.S. Infra-Red Acoustic Sensor, dont le tube, fixé sur rotule et orientable de l'intérieur du module opérationnel, émettait un très mince faisceau laser dont la modulation variait au point d'impact visé. En retour, le faisceau était capté par un émetteur ultrasensible qui le transformait en signaux audibles. Un des équipements de pointe dont était doté le mobil-home transformé. Et c'était précisément ce dont se servait actuellement l'Exécuteur. Casque aux oreilles, penché vers l'écran vidéo qui lui transmettait les images du parc, il avait orienté le « micro » de l'I.R.A.S. sur les deux hommes restés assis dans la Cadillac qui avait amené Manuela un peu plus tôt. Bolan poussa un curseur et la voix râpeuse du flingueur assis à l'arrière de la voiture lui parvint de nouveau :

— *A mon avis, elle passe un foutu quart d'heure, la gonzesse.*

Le chauffeur riposta, tranquille :

— *Qu'est-ce que t'en sais ? Il est dingue de cette salope.*

— *Tu parles. Depuis qu'il sait, pour Dick et elle...*

Un silence, puis le chauffeur reprit :

— *Tu crois qu'on va devoir lui faire faire un tour, comme à l'autre ?*

Nouveau court silence, puis :

— *Va savoir. Si elle sait s'y prendre... En tout cas, avant de lui faire sa fête, on va tâcher de s'amuser un peu, non ?*

Petit ricanement salace.

— *Ça pourrait être marrant, ouais !*

Les deux salauds se mirent à rire et gardèrent le

silence un petit moment, avant que celui de l'arrière ne reprenne :
— *Si Donato nous accompagne, on peut faire une croix dessus. Fait chier, ce con.*
— *Tu lui diras toi-même*, ironisa sombrement le chauffeur. *Et si c'est Sammy qui vient, il voudra en croquer... Comme l'autre fois.*
— *Normal*, fit l'autre. *Personne peut reprocher ça à un homme, non ?*
— *Sûr, mais va pas croire que...*
Le bip sonore du radio-téléphone résonna soudain dans le module. L'Exécuteur baissa le ton de l'I.R.A.S., ôta son casque pour décrocher le combiné.
— Striker ?
C'était Hal Brognola. Bolan enclencha le C.S.R., système *Scramble* de brouilleur-décodeur. Un double déclic lui indiqua que son ami en faisait autant de son côté.
— Phil vient de m'appeler, dit le flic fédéral. Il m'a parlé d'un truc pas ordinaire.
— Quel genre ?
— Rosario a demandé à la *Commissione* de lui envoyer plusieurs spécialistes de l'instruction des commandos. On dirait que quelque chose d'important se prépare. On ne sait pas encore quoi. D'ailleurs, Phil n'est pas certain de pouvoir l'apprendre. Ça sent le top-secret et ça m'inquiète. Si *Big-Rock* a décidé de former des troupes de choc contre celles de Carnero, ça va être la guerre à outrance dans tout le Michigan. Tu n'y retrouveras pas les tiens.
Bolan écoutait en réfléchissant. Il rétorqua, sombre :
— J'en aurai moins à exterminer.
Il y eut un blanc sur la ligne encombrée de légers

parasites. Quand Brognola reprit la parole, sa voix avait baissé d'un ton.

— Je me demande si tout ça ne serait pas lié à ton début de *Blitz*. Pour t'anéantir, *Big-Rock* est capable de lancer une armée à tes trousses. Et la *Commissione* lui donnera sa bénédiction. Tu les cherches depuis un sacré bout de temps...

Bolan esquissa un sourire :

— C'est un reproche ?

— Une inquiétude. Seulement une inquiétude. Je déteste les enterrements.

— Te fais pas de soucis, Hal. Si les *amici* arrivent à me coincer un jour, on ne retrouvera jamais mon cadavre. Et pas de corps, pas de funérailles.

— Arrête de débloquer, *Stricker*. Quelque chose me dit que tout ce mic-mac te concerne. *Big-Rock* va chercher par tous les moyens à défendre sa grosse combine. C'est trop important. Et la *Commissione* va l'aider dans la mesure de tous ses moyens. Qui sont énormes, tu le...

— N'en jette plus, coupa Bolan, irrité. Si le gros Rosario veut ma peau, il lui faudra la payer cher.

— Justement. Je crois qu'il est en train de payer le prix fort. On dirait que Carnero et lui ont enterré la hache de guerre. Du moins, provisoirement. Et je ne vois qu'une seule raison à ça.

— Une association de forces contre moi ?

— Ça pourrait bien être un truc comme ça.

Bolan soupira.

— Merci du renseignement, vieux. Je tâcherai d'ouvrir l'œil. Mais ça ne change rien à mes plans. D'ailleurs je me suis déjà occupé de Choo Lien cet après-midi.

— Tu veux dire que tu as eu le Chinois ?

— Ouais. Et tout son gros fourbi de trafic.

— Les entrepôts de *Chinese*... ?
— Affirmatif. La nouvelle n'est pas encore arrivée à New York ?
— Euh... non. Phil ne m'a rien dit de ça.
Bolan sourit en coin.
— Alors, c'est plutôt bon signe.
— Pourquoi ?
— Ça tendrait à prouver que le gros commence à avoir la trouille. Il n'ose même plus faire son rapport à la *Commissione*.
— Ouais. Possible. En attendant, fais gaffe.
— Je tâcherai. Remercie Phil pour moi. Bon. Ciao !...

Il coupa d'un coup la communication. Dans le feu de la conversation, il avait un instant tourné le dos à l'écran. En levant de nouveau les yeux sur l'appareil, il s'aperçut que la Cadillac avait disparu.

— Merde ! lâcha-t-il sourdement en manœuvrant le zoom à la recherche de son objectif.

Mais la grosse voiture restait invisible. Il s'était fait posséder. Sans plus attendre, il se plaça au volant du *van*, démarra rapidement pour quitter la clairière et se lança dans la descente infernale des lacets.

Dix bonnes minutes plus tard, le char de guerre déboucha sur la divided highway 94. Il y avait beaucoup de voitures, y compris quelques Cadillac, mais pas la moindre trace de celle des *amici*.

Si Manuela avait été embarquée, c'était foutu pour elle. Il lança la caravane sur le highway en espérant très fort avoir pris la bonne direction.

CHAPITRE X

Les halètements de Manuela prenaient des proportions étranges et sinistres dans l'immense hangar désaffecté aux poutrelles rouillées. Yeux hagards, livide et ensanglantée, la jeune femme se laissait traîner sans réagir autrement que par cette respiration saccadée d'animal blessé et paniqué. Ses pointes d'escarpins raclaient le béton craquelé de l'ancienne usine de conserverie et, dans le silence trop lourd, ce simple bruit évoquait à lui seul le drame qui était en train de se jouer.

— Je... je vous en supplie!

Elle avait enfin pu parler. Sans très bien savoir ce qu'elle disait, ni à qui cela s'adressait. Vaguement consciente de vivre ses derniers instants, elle voulait simplement entendre encore un peu le son de sa propre voix pour se persuader qu'elle existait toujours. Qu'elle vivait malgré tout. Mais les deux hommes qui la traînaient et celui qui les suivait semblaient ne rien entendre. Ils agissaient comme des robots. Des machines de mort. Alors, Manuela continuait de haleter et de gémir des mots sans suite. Du fond de la semi-inconscience dans laquelle les coups de *Big-Rock* l'avaient plongée, elle avait décidé d'agir ainsi jusqu'au bout. Derrière elle, le troisième type traînait aussi quelque chose par terre. Comme un lourd fardeau qu'il était obligé d'emporter sur le lieu de son exécution. Elle ignorait ce que c'était et ne souhaitait même pas le savoir. Soûle de douleur, elle avait presque hâte qu'ils la tuent enfin. Pour oublier les coups, la douleur, *Big-Rock*, la lâcheté de Dick au moment de la fusillade qui l'avait finalement tué. Pour s'anéantir dans l'oubli total de cette humanité qu'elle haïssait à présent.

— Je... je vous en supplie !

Elle ignorait même pourquoi elle avait encore la force de parler. Sa bouche pleine de sang lui donnait envie de vomir et ses paupières gonflées ne laissaient plus passer la moindre parcelle de lumière. Elle était plongée dans la nuit de sa très prochaine mort.

— Ici, ça va.

L'ordre avait été donné par une voix lointaine. Manuela sentit qu'on la lâchait et son visage heurta durement le sol. Elle émit un gémissement à peine audible, se mit à respirer plus fort. Comme si l'imminence de son supplice lui donnait brusquement envie de gorger ses poumons d'air.

— Asseyez-la.
— Maintenant ?
— Maintenant.
— Eh ! fit une autre voix grasse et vulgaire. Arrête tes conneries, Sammy. Tu sais ce qu'on veut, avant, non ?

Un silence, puis la voix du nommé Sammy s'éleva de nouveau, hésitante.

— Vous avez pas vu dans quel état elle est ?

— On s'en fout. Si t'en veux pas, t'as qu'à te retourner.

— Donato m'a dit que... merde ! j'ai pas envie de me faire descendre, moi ! C'était la poule du *boss*, non ?

Un rire lui répondit, puis un autre, excité.

— C'est toi qui iras lui raconter, à Donato ?

— Ben, non... mais...

— Alors ? C'est pas le sang qui va te gêner ! Tiens, on va te laisser la priorité. On n'a même pas besoin de la tenir, elle est déjà presque cannée.

— Justement. Ça me plaît pas trop.

Un nouveau silence, assez long. Manuela enregistrait les choses d'une façon tout à fait instinctive. Elle comprenait vaguement qu'il était question d'elle, sans très bien savoir quel était l'enjeu de la discussion. Enfin, celui qui avait la voix la plus vulgaire reprit la parole :

— Bon, écoute, Sammy. Nous, on va faire le boulot. On la fout à poil, on s'occupe de lui faire de nouvelles godasses. Pendant ce temps-là, tu la mates sur toutes les coutures. Si elle te plaît, on se la fait tous les trois. Sinon, on laisse tomber. O.K. ?

Une hésitation, puis :

— O.K. Magnez-vous le cul. Toi, Gianni, prépare le ciment. Et toi, déshabille-la et attache-la solidement au poteau.

Sentant l'horreur monter en elle, Manuela entendit claquer un briquet, sentit une vague odeur de tabac blond qui lui parut délicieuse, puis on la mit debout et des mains avides lui arrachèrent ses vêtements. Quand on lui déchira son soutien-gorge et son slip, elle parvint à crier et à entrouvrir un œil. Ce qu'elle vit alors fit monter en elle cette peur ancestrale jaillie du fond des entrailles et que les enfants subissent parfois au plus profond de leurs cauchemars. Elle ouvrit la bouche pour hurler, fut étouffée par un flot de sang qu'elle déglutit avec peine, rua désespérément entre les bras qui la tenaient solidement.

— NOOOONNN !

Elle avait enfin pu hurler sa terreur. Comme une bête qu'on égorge. A ses pieds nus, elle venait de voir l'homme penché sur un baquet d'eau sale. Un baquet dans lequel il versait le contenu d'un sac de ciment. Manuela avait enfin compris et l'horreur lui nouait les viscères. On allait couler une masse de ciment prompt autour de ses jambes et la balancer dans le lac qu'elle devinait entre les poutrelles d'acier tordues et le barrage flou de ses cils englués de sang.

— Non !...

Cette fois, elle reçut un coup qui la fit taire. Des éclairs zébraient sa vue déjà incertaine et son cœur menaçait d'exploser dans sa poitrine.

— Aide-moi, toi !

C'était le type à la voix vulgaire. Manuela se sentit soulevée, plaquée plus solidement au poteau qui lui arracha des lambeaux de peau dans les reins. Ses chevilles furent prises dans un étau, liées ensemble par ce qui semblait être du fil de fer. Elle hurla encore, voulut échapper à ses tortionnaires, ne réussit qu'à s'écorcher un peu plus le dos.

— Ta gueule, salope !

Complètement épuisée, des sons bizarres lui emplissant la tête, elle ne put que céder aux mains qui la palpaient un peu partout. Puis ses pieds parurent s'enliser dans une pâte visqueuse et tiède, s'enfoncèrent jusqu'à toucher un fond dur. Elle voulut encore bouger, crier. Une main brutale lui écrasa les lèvres et le goût de sang fut plus fort sur sa langue. Dans un sursaut d'énergie farouche, elle parvint à planter ses dents dans la chair caleuse de la main qui l'étouffait. Elle entendit un cri sourd, serra plus fort, reçut un coup dans le ventre qui lui fit lâcher prise. Souffle coupé, elle se plia en avant, encaissa un autre coup à la hauteur des seins. Une douleur fulgurante lui transperça la poitrine et elle plongea sournoisement dans un demi-néant nauséeux. Très loin, elle perçut la voix de Sammy :

— Ça suffit... Fous-lui plutôt une balle dans la tête.

— Fais pas chier, toi. Elle m'a mordu, c'te salope... vais me la faire.

Manuela eut vaguement conscience d'être brutalement courbée en avant. Derrière elle, une masse se pressa violemment et elle se dit que le pire ne lui serait pas épargné. Elle voulut encore crier, manqua soudain de forces et se laissa aller, cherchant au fond de sa mémoire les bribes d'une prière depuis trop longtemps oubliée. Elle eut encore mal, se dit qu'elle mourait enfin, entendit presque nettement le coup de feu qui la tuait... puis les autres. Et elle trouva la mort finalement peu redoutable. C'était comme si la vie continuait, avec la douleur en un peu moins fort et une profonde impression de renoncement. Il y eut encore un chapelet de détonations rageuses, puis plus rien.

Elle était tout à fait morte.

— Manuela ?

Des ondes sonores ricochaient dans le cerveau embrumé de la jeune femme. La « voix » de la mort

était douce, presque tendre. Et elle avait quelque chose de rassurant.
— Manuela ?
Elle aurait bien voulu répondre. Ne fût-ce que pour faire plus ample connaissance avec cet état d'après la vie qui faisait si peur et qui semblait pourtant bien peu redoutable. Mais ses lèvres refusaient tout mouvement et sa gorge obstruée par le sang ne laissait plus rien passer. Elle ne put émettre qu'un lamentable hoquet qui la fit vomir, sentit une main qui lui tournait la tête sur le côté, et perdit tout à fait connaissance.
Mack Bolan se redressa, et alla arracher l'ample veste tachée de sang de Sammy pour en recouvrir la nudité de Manuela.
Les ordures avaient fait du bon travail.
Sans s'attarder davantage dans le grand hangar des anciennes conserveries situées tout au bord du lac Huron, dans une zone autrefois industrielle et aujourd'hui déserte, il prit la jeune femme dans ses bras et l'emporta à bord du char de guerre dissimulé dans un chemin caillouteux. Même prompt, le ciment dans lequel on avait coulé ses chevilles n'avait pas eu le temps de faire complètement son œuvre. Seuls, quelques résidus grisâtres subsistaient entre les orteils nus qui oscillaient au rythme de sa marche. L'Exécuteur sentait monter en lui une rage glaciale, dévastatrice. Une nouvelle fois, il était confronté aux méthodes de *l'Organized Crime*. Les Nazis n'auraient pas fait mieux. Manuela n'était pas un homme, elle ne constituait aucun danger pour les *amici*. Pourtant, on avait voulu lui faire subir le sort le plus atroce, le plus abject que des humains puissent infliger à un autre humain. Le monde était un immense cloaque dans lequel

une certaine humanité décadente se vautrait avec délices.

En grimpant à bord du char de guerre, alors qu'il serrait contre lui le corps inerte de la jeune femme, Mack Bolan se prit à avoir honte. Honte d'appartenir à cette humanité-là, honte aussi de n'avoir pas encore pu laver ce monde de la fange qui le déshonorait. Il y avait tant à faire... et il était parfois si fatigué.

Et ce soir-là était précisément un soir de grande lassitude.

— Je vais vous emmener à l'hôpital.

Manuela s'était redressée sur la couchette. Avec son masque de carnaval que lui conféraient les traces de sang hâtivement essuyées, elle était pitoyable. Dans son regard vert émeraude de chatte, il y avait une lueur de panique. Ses interminables cils noirs disparaissaient presque entièrement entre les paupières gonflées par les coups.

— Je ne veux pas aller à l'hôpital, dit-elle dans un souffle. Ils... ils me retrouveraient. Ils ont des antennes partout.

Elle recouvrit sa poitrine de la veste qui avait glissé et Bolan l'aida à s'installer contre l'oreiller.

— Il vous faut des soins. Un médecin...

— Ça va aller, coupa-t-elle.

Elle avait secoué la tête et la douleur de ses vertèbres la fit grimacer.

— Pas question d'un médecin, ajouta-t-elle péniblement. Ils finiraient par retrouver ma trace et le toubib serait dans de sales draps.

— *Big-Rock* ne possède quand même pas toute la

ville et tous ses habitants ne sont pas à son service, intervint Bolan.

— Je ne veux pas, s'entêta Manuela. Emmenez-moi seulement hors de cette ville. Lâchez-moi ensuite dans n'importe quel motel.

L'Exécuteur soupira.

— Dans l'état où vous êtes ?

Elle se passa une main lasse sur le visage, étouffa un sanglot sec et murmura comme pour elle-même :

— Les ordures ! Tous les trois ont profité de mon inconscience pour me...

— Non, coupa Bolan. Je suis arrivé juste à temps.

Un pesant silence s'installa entre eux un moment, avant que Manuela ne levât un regard indécis sur son sauveur.

— Je ne vous ai même pas remercié, fit-elle d'une voix lasse.

— Laissez tomber. Reposez-vous plutôt, on avisera après.

Il la força doucement à reposer sa tête sur l'oreiller, la débarrassa de la veste souillée du *mafioso*, puis la recouvrit d'une couverture. Son visage n'était pas beau à voir et de larges hématomes marbraient son corps splendide. Elle ferma enfin les yeux, demanda faiblement :

— Qui êtes-vous ?

Il remonta une mèche de cheveux sur son front, esquissa une brève caresse sur sa joue meurtrie.

— Plus tard, éluda-t-il. Reposez-vous.

Elle s'endormit d'un coup et sa respiration jusqu'alors précipitée redevint plus calme. Bolan lui fit une piqûre d'antibiotiques pour éviter l'infection de ses plaies. Après un dernier regard inquiet, il la quitta pour s'isoler dans le module opérationnel. Décrochant le radio-téléphone, il forma un numéro à Washington. Un instant après la voix de Brognola lui répondait.

— Hal, dit-il sans préliminaires. J'ai besoin d'un toubib. Un type sûr et qui ne posera aucune question.

— Tu es blessé ? s'inquiéta le fédéral.

— Pas moi, sourit Bolan. Une fille.

— Bon. J'aime mieux ça.

Si Brognola avait vu l'état de Manuela...

— Tu me fais mal, merde !

Dialo suspendit son massage en roulant des yeux inquiets. Les énormes battoirs qui lui servaient de mains avaient toujours tendance à trop appuyer et *Big-Rock* détestait ça. De plus, ce soir, il était d'une humeur impossible. On le sentait prêt à faire descendre n'importe qui pour un simple regard de travers. Vaguement angoissé, le Noir recommença à pétrir la chair blafarde de son *boss* qui garda le silence avant de hurler à la cantonade :

— Donato !

Dialo sursauta, poursuivit son œuvre. Quand l'énorme Donato entra dans la salle d'exercice, le masseur se sentit soulagé. Le *caporegime* allait faire diversion un instant. *Big-Rock* redressa le cou, gronda à l'adresse du géant :

— Qu'est-ce qu'ils foutent, ces enfoirés ?

Donato eut un mouvement impuissant des épaules.

— Je sais pas, patron. Ils devraient déjà être revenus. Si vous voulez, j' peux...

— C'est ça, gronda *Big-Rock*. Magne-toi le cul d'aller voir sur place. Si ces enfoirés se sont amusés avec la gonzesse, descends-les. Mais fais gaffe à pas te faire remarquer.

Le géant opina du chef, disparut aussitôt. Il avait eu tort de ne pas accompagner ses hommes. Il était sûrement arrivé quelque chose. Mais comment escorter trois types décidés à violer la maîtresse du *boss* avant de la tuer sans se mouiller lui-même aux yeux dudit patron ? De toute manière, il n'avait absolument pas l'intention de descendre ses trois gars. *Big-Rock* pouvait aller se faire mettre.

Donato n'avait décidément pas très bien digéré la gifle que Rosario lui avait envoyée sur le nez. Il en avait encore mal.

CHAPITRE XI

— Je vais le tuer.
La phrase était tombée dans le silence de la cabine du char de guerre. Définitive. Visage légèrement reposé, plaies pansées, Manuela recommençait à avoir figure humaine. Elle en était presque redevenue jolie. Bolan baissa les yeux sur elle, grogna :
— Ne dites pas de sottises.
Elle hocha la tête, répéta sourdement :
— Je vais le tuer.
Un silence, puis elle demanda :
— C'est vous qui m'avez soignée ?
— En partie seulement. Un médecin est venu. Vous étiez inconsciente.
Elle s'alarma.
— Un médecin ?
— Un ami. Personne ne pourrait lui tirer le moindre renseignement.
— On dit ça.
Elle avait visiblement peur et c'était compréhensible. Pourtant, elle levait crânement les yeux sur Bolan, l'observait avec une lueur intriguée au fond de ses magnifiques prunelles. Elle laissa passer un

instant, finit par s'apercevoir qu'elle était vêtue d'un pyjama rose et blanc, s'en étonna :
— Qu'est-ce que c'est, ce truc ?
— Un pyjama, ironisa l'Exécuteur en souriant. J'ai acheté ça au *market* du coin.
— Et c'est vous qui me l'avez...
Elle se tut et il comprit ce qu'elle voulait dire. Décidément, les femmes étaient de bien étranges êtres. Manuela sortait *in extremis* des bras de la mort et s'inquiétait de savoir s'il avait pu la contempler toute nue.
— J'ai fermé les yeux, sourit-il.
Elle lui jeta un regard de doute, redevint brusquement sombre et déclara tout à trac :
— Je vais descendre cette ordure moi-même.
— Si vous parlez de *Big-Rock*, autant vous suicider. Ça vous permettra au moins de choisir votre mort.
Elle hocha la tête, réfléchit, hasarda presque timidement :
— Qui êtes-vous ?
— Celui qui a descendu vos trois bourreaux.
— Merci. Mais encore ?
— Celui qui a descendu Dick Manoli.
Elle ouvrit la bouche sur une exclamation qui demeura dans sa gorge. Sous les paupières encore gonflées, ses yeux se chargèrent d'angoisse.
— Qu'est-ce que... qu'est-ce que vous dites ?
— La vérité. Mon nom est Mack Bolan. On m'appelle aussi l'Exécuteur.
Elle ferma la bouche, la rouvrit en se passant la langue sur les lèvres. Une peur latente se lisait dans son regard.
— Vous... c'est vous qui avez déposé cette médaille, dans ma boîte aux lettres ?

— C'est moi.

Elle avait l'air de ne rien y comprendre. Hésitante, elle demanda encore :

— Pourquoi, Dick ? Pourquoi l'avez-vous tué ?

— Parce qu'il appartenait à la mafia. Depuis longtemps, je leur ai déclaré la guerre. A tous. Ils m'appellent Bolan le fumier et j'en suis un. J'ai tué, je tue et je tuerai encore. Tant que je vivrai et tant que le crime organisé existera.

— Pourquoi ?

Elle avait posé la question spontanément. Elle cherchait à comprendre. Bolan lui sourit encore, caressa les longs cheveux répandus sur ses épaules et lui raconta brièvement comment les *amici* avaient massacré sa famille à une époque qui lui paraissait remonter au fond des âges. Il parla de la petite sœur au regard si doux, au rire si joyeux. Il parla aussi de tous les autres. Quand il eut achevé son récit, les yeux de Manuela étaient embués de larmes contenues. Et la congestion de ses paupières n'y était pour rien. Ils restèrent silencieux un long moment avant que Manuela ne reprenne la parole :

— Que comptez-vous faire, maintenant ?

Elle n'avait pas dit qu'elle comprenait, mais son regard trahissait ses sentiments. Il lui sut gré de cette pudeur, répondit :

— Je suis venu à Detroit pour exterminer la famille Rosario. Et pour le tuer lui-même. Je vais donc continuer ma guerre. Avant d'aller la poursuivre autre part. La mafia est une pieuvre dont je dois couper tous les tentacules et écraser la tête. Un jour, peut-être.

— Vous n'y arriverez jamais.

Elle arborait un petit air farouche qui lui allait

bien. Et elle avait sans doute raison. Bolan hocha la tête.

— Je vais pourtant essayer.

— Je peux vous aider.

— M'aider ? Je vous vois mal avec une grenade entre les dents et une mitraillette sous le bras.

— N'empêche que je peux vous aider à tendre un piège à Roberto.

— Pas question. Je l'aurai à ma façon.

— Si vous n'êtes pas tué avant.

— Ça vous ennuierait ? s'amusa-t-il.

Le regard vert lança des étincelles.

— Allez vous faire voir.

Manuela était décidément une femme attachante. Bolan ne regrettait pas de l'avoir tirée des pattes des trois salauds. Il sourit, leva un sourcil interrogateur.

— Vous avez de la famille dans le coin ? Des amis ?

— Rien de tout ça. De toute façon, je reste avec vous.

— Ça m'étonnerait. Ce véhicule n'est pas fait pour deux. Et encore moins pour héberger une femme.

Elle balaya l'air d'un revers de main, fit voler ses cheveux d'or sombre.

— Alors, dit-elle sur un ton résigné, autant me jeter à la rue tout de suite et prier pour mon âme.

Il l'observa un moment, finit par poser la question qui le taraudait.

— Pourquoi... je veux dire, pourquoi, vous et *Big-Rock* ?

— Ça ne vous regarde pas, dit-elle, butée.

Il se redressa, soupira.

— C'est vrai, admit-il. Tâchez de dormir encore un peu. Ici, vous ne risquez rien.

— Je sais, soupira-t-elle, en se laissant aller contre l'oreiller de la couchette.

Elle hésita, tandis qu'il allait quitter la minuscule cabine, lança d'un trait :

— Pour *Big-Rock* et moi, c'est un truc de femme. Vous ne pourriez pas comprendre.

Il sortit, referma le panneau derrière lui. Il avait encore beaucoup à faire et Manuela ne pouvait pas représenter son unique préoccupation.

**
*

— Voilà. Vous savez tous de quoi il retourne. Maintenant, ceux qui sont d'accord restent assis, les autres s'en vont.

Assis derrière la table de la grande salle de réunions du syndicat créé par *Big-Rock* depuis son accord avec Martinez, Nino Carrucci, le *consigliere* de Rosario, s'était soudain tu. Derrière lui : Donato et quatre de ses hommes. Une simple présence d'intimidation. Mais les « syndicalistes » cubains sélectionnés par Carrucci n'avaient pas fait mine de broncher durant sa courte allocution. Il avait été question de danger anti-syndical, de commandos de protection à mettre sur pied. Rien de plus pour le moment. Cela suffisait à motiver ou non. Lentement, Carrucci qui connaissait le pouvoir quasi hypnotique de ses yeux noirs, trop fixes et trop enfoncés dans leurs orbites, parcourait l'assistance du regard. Quelques types se levèrent, quittèrent la salle sans un mot. Des tièdes. Des types passés aux States pour « casser » de l'impérialiste et qui s'amollissaient peu à peu au contact du quotidien américain. Dans quelques mois, ceux-là seraient plus capitalistes que les plus gros éleveurs texans. Carrucci souriait intérieurement. Il avait calculé juste. Environ vingt pour cent de déchet.

Quand la double porte du fond de la salle fut refermée par deux gardes du corps de Donato, Carrucci hocha la tête. Il arborait la mine satisfaite d'un entrepreneur de pompes funèbres qui reçoit l'exclusivité sur les victimes d'un tremblement de terre. Il restait environ quatre-vingts types. Sur le nombre, on pouvait d'ores et déjà éliminer une trentaine de simples curieux. Ceux-ci seraient employés aux tâches d'investigation pure. Pour les autres, Carrucci aurait pu les désigner lui-même, tant il avait confiance en son flair. Mais chaque chose en son temps. Ce que *Big-Rock* et le vieux Carnero avaient imaginé nécessitait un minimum de doigté.

— O.K., dit-il. Maintenant que nous sommes entre hommes...

Un éclat de rire général salua sa lourde plaisanterie. Il concéda une ébauche de sourire, reprit :

— Nous allons pouvoir parler sérieusement.

Un silence épais s'installa dans la grande salle qui sentait la sueur et le tabac. Pesant ses mots, Carrucci expliqua :

— Vous tous qui êtes ici pour servir la cause du monde ouvrier, vous allez désormais constituer le fer de lance d'un nouveau syndicat. Plus fort, plus puissant, plus implacable encore à l'égard des exploiteurs impérialistes.

Il marqua un temps, durant lequel il sentit des dizaines de regards impatients s'accrocher à lui. Il était temps de devenir solennel, de jouer de ce fameux magnétisme qui se dégageait de toute sa maigre personne. D'une voix soudain vibrante et sourde, accompagnant ses mots de regards flamboyants, il assena lentement :

— Tout à l'heure, quand vous ressortirez de cette salle, aucun de vous ne sera plus jamais comme avant. Il aura profondément changé. Dans son esprit, dans son idéal. Jusqu'alors, chacun de vous se débattait seul dans un monde hostile. Désormais, et ceci grâce à notre syndicat, grâce à notre immense et puissante organisation, chacun des individus que vous êtes sortira de cette salle en une masse soudée. Vous appartiendrez désormais à cette armée glorieuse grâce à laquelle le monde ouvrier sera très bientôt complètement libéré du joug capitaliste. Vous aurez changé, vous serez devenus forts. Et ceci, grâce au serment que vous allez prêter dans un instant.

Un remous se fit dans les rangs des hommes assis, quelques murmures s'élevèrent. Carrucci laissa l'émotion retomber, ajouta, le ton grave :

— Le serment de fidélité à la Cause !

Un tonnerre d'applaudissements succéda à cette envolée lyrique et Carrucci éleva les deux mains à la fois pour demander le silence. Le calme revint peu à peu. Le *consigliere* attendit qu'il soit total, avant de dire encore :

— Quand vous aurez prêté serment, vous appartiendrez tous à la même famille. A *notre* famille ! précisa-t-il en englobant des deux bras levés les hommes qui se trouvaient derrière lui et les deux lieutenants qui le flanquaient et figuraient les assesseurs. Vous serez des *nôtres* !

Nouveaux applaudissements nourris qu'il laissa retomber avant de poursuivre, mystérieux et figé dans son rôle de gourou :

— Je vous désignerai alors l'ennemi de notre Cause.

Il y eut d'autres murmures intrigués. Carrucci laissa faire un moment, acheva enfin en calculant ses effets :

— Mais sachez qu'à partir de cet instant irréversible, vous serez indéfectiblement liés par le même idéal. Dès lors, tout manquement, toute trahison seraient impitoyablement punis. Et notre famille ne connaît qu'un seul châtiment.

Il ne précisa pas lequel, mais chacun trouva une réponse à sa convenance. Il savait d'expérience qu'une menace imprécise avait plus d'effet sur les hommes que n'importe quelle mise en garde définitive. Un lourd silence suivit ce dernier trait. Il le laissa s'établir, s'approfondir un long moment avant de se lever et d'inviter ses « assesseurs » à l'imiter. Puis, d'un geste quasi messianique, il fit lever l'assistance et, aussitôt imité par tous les hommes en noir de la famille, il posa la main droite sur le côté gauche de sa poitrine.

— Maintenant, dit-il d'une voix de tribun, nous allons prêter le serment définitif. Que ceux qui hésitent encore quittent cette salle et ne parlent jamais de cette réunion.

Après quelques hésitations, trois hommes se levèrent et sortirent sur la pointe des pieds. Etrangement, personne dans l'assistance ne leur accorda le moindre regard. Ceux qui restaient étaient déjà de la famille et en avaient pleinement conscience. Derrière eux tous, les portes se refermèrent de nouveau. Un terrible silence suivit. Dans quelques secondes, la *Cosa Nostra* allait accueillir quelques *soldati* de plus en son sein.

***

Mack Bolan traversa le vaste parking qui flanquait la longue façade jaune et rouge du restaurant *Bens*. Des paquets plein les bras, il avait dû faire la queue aux caisses de l'hypermarché Bullstore Inc'. Une habitude qu'il ne souhaitait pas prendre. Mais il avait une « invitée » et tenait à ce qu'elle ne manque de rien durant son séjour à bord du char de guerre. Bien sûr, durant ses absences, il avait été décidé, soit qu'il l'enfermerait dans la chambre-cabine, soit qu'elle quitterait provisoirement le *van*. Pour ce soir, la première solution avait été choisie. Morte de peur à l'idée d'être reconnue dans la rue par un éventuel *mafioso*, elle aurait accepté la prison à vie.

Bolan ouvrit la portière latérale, fut aussitôt alerté par le *bip* du radio-téléphone. Il jeta ses paquets dans un coin, décrocha :

— Stricker ?

C'était encore Hal Brognola. Il brancha le brouilleur d'écoute. Un déclic, quelques légers parasites, puis, de nouveau, la voix du fédéral. Un peu crispée.

— Il y a du nouveau, Mack. C'est à propos du truc que je t'avais annoncé, les spécialistes de New York. Phil vient de m'appeler. Tout ce bazar, c'est pour toi.

L'Exécuteur fronça les sourcils. Sur sa droite, des coups résonnèrent à travers le battant de la porte coulissante. Manuela s'impatientait.

— Eh ! cria-t-elle. Ouvrez-moi ! J'étouffe dans ce machin.

— Patientez quelques minutes, fit Bolan.
— Quoi ? demanda Brognola.
— Non, rien.

— Tu n'es pas seul ?
— On peut parler, coupa Bolan. Vas-y. C'est quoi ce bazar ?
— C'est *Big-Rock* et Carnero. Ils se sont finalement associés.

L'Exécuteur se ménagea un temps de réflexion tandis que le fédéral poursuivait :

— Ils veulent te faire la peau, Mack. Cette fois, ça sent vraiment mauvais. Ils ont fait venir des experts de la guérilla. Des types destinés à former une armée de vrais de vrais. Il faut que tu foutes le camp. Tu ne tiendras pas deux jours de plus dans cette poudrière.

— Et une journée ?

— Je ne plaisante pas, Mack. Phil a l'air très inquiet. Lui non plus ne donne pas un *cent* sur tes chances.

— Merci pour le pronostic, ironisa sombrement Bolan.

— Bon. Je t'ai prévenu. A toi de voir. Mais j'ai l'impression que tu vas être guetté à chaque coin de rue. L'enjeu est de taille. L'équipe qui te descendra fera gagner à son *boss* l'estime totale de la *Commissione*, plus la suprématie sur la ville. Ils vont jouer sacrément gros, si tu vois ce que je veux dire.

On frappa de nouveau à la porte de la cabine et la voix de Manuela s'éleva, énervée :

— Dites, vous me sortez de là, ou quoi ?

Bolan ignora l'interruption et continua :

— Je vois. Mais ça n'en sera que plus amusant.

— T'es dingue, Mack. Si tu espères liquider toute la coalition d'un seul coup...

— C'est mon affaire, Hal.

— Prochain objectif, on peut savoir ?

— *Joe Rackett*. Et ne me dis pas que c'est un gros morceau, je le sais.

— O.K., O.K.! Si tu as besoin de logistique, tu peux t'adresser à Bill Hamer. C'est un spécialiste des feux d'artifice. Un ancien taulard qui travaillait autrefois dans les coffres-forts et qui s'est reconverti...

— Je connais, coupa Bolan. Phil m'en a parlé. J'ai suffisamment de matériel. Je m'en tirerai peut-être tout seul. Sauf si j'ai besoin d'explosif spécial.

Brognola marqua un silence, laissa tomber, maussade :

— Tu te fais des illusions, vieux. Je serais plutôt enclin à te faire réserver une place à Harlington (1).

— Tout le monde doit y passer un jour ou l'autre, sourit Bolan en raccrochant.

---

(1) Cimetière de Washington où reposent les dépouilles des héros américains.

CHAPITRE XII

— Ils seront prêts, oui ou merde ?

Big-Rock pointait l'impressionnant bandage de sa main blessée sur Donato. Celui-ci aurait volontiers répondu par la deuxième proposition, mais il aurait alors signé son arrêt de mort. Pour d'obscures raisons d'éthique, Donato n'aurait jamais tiré sur son *boss*, même pour se défendre, mais celui-ci, par contre, n'aurait pas hésité une seconde à supprimer un *caporegime* insolent. Surtout depuis que les hommes de celui-ci avaient été trouvés massacrés dans une ancienne conserverie et que la fille qu'ils devaient couler au fond du lac avait disparu. Une faute professionnelle impardonnable. Et qui incombait au responsable du *regime*, c'est-à-dire à Donato, leur chef. Celui-ci comprenait confusément ce genre de raisonnement. Le *boss* avait sûrement raison. Il avait toujours raison. Gêné, il ergota :

— Ben, c'est-à-dire... ils seront pas prêts avant plusieurs jours. Je veux parler de ceux que les spécialistes sont en train de former. Parce que les autres, ils sont déjà au boulot, patron.

— Combien d'hommes sur le terrain ?

— Une quarantaine. Plus de la moitié de ce qui a

été sélectionné en fin de compte. Detroit est entièrement quadrillée vingt-quatre heures sur vingt-quatre. Le fumier passera pas au travers des mailles. Cette fois, on le tient. Dès que son foutu *van* sera repéré, on lui fera pas de cadeau. Même si on doit descendre les cons qui se croiront au ciné sur les trottoirs.

— Le con, c'est toi, cracha *Big-Rock*. Vous vous contenterez de repérer son mobil-home de merde. C'est moi qui déciderai où et quand on le descendra, le fumier. Mais vous gourez pas, il est malin. Depuis le raid chez Choo, il a dû retaper son bahut et changer les numéros. On peut se fier qu'à la forme. Alors, on prend tous les *vans* de la ville en surveillance et on les lâche plus. On finira bien par trouver le sien.

— Et si cet enculé s'est déjà tiré?

— C'est un concours de conneries, que tu fais? Bolan ne se tirera d'ici que mort ou après nous avoir tous descendus. C'est sa méthode. Et comme il est aussi taré que toi, il en changera pas, de méthode. C'est là qu'on va le blouser. Et je te conseille de pas le rater, cette fois.

De nouveau, il pointait son énorme bandage vers la poitrine de son *caporegime*, comme s'il avait voulu le flinguer. Mais Donato était tranquille. Le *boss* ne l'effleurait même pas. Il avait bien trop mal à sa foutue main.

— Maintenant, dégage, ordonna Rosario. Et ramène-moi vite cet enfoiré. Je veux le dépecer moi-même.

*
**

— Qu'est-ce qu'on fait, maintenant?

Manuela avait posé la question presque timidement. Assise sur le siège passager du char de guerre, elle n'avait pas arrêté de poser des tas de questions sur l'emploi des instruments étranges qui occupaient la cabine. S'étant fait rabrouer à plusieurs reprises, elle s'était enfin réfugiée dans une attitude boudeuse que ses hématomes rendaient franchement comique. A l'instant, le *van* venait de pénétrer dans une cour proprette et agrémentée de massifs de fleurs, située aux abords de Grand Circus Park, juste avant le Fischer Express Way, qui traversait une partie de la ville en suivant le cours de la Detroit River. La pluie avait définitivement cessé et la nuit était relativement claire. Mais pour ce que Bolan avait à faire, cela n'avait strictement aucune importance.

— Qu'est-ce qu'on fait ? répéta Manuela, obstinée.

Le *van* était arrêté au pied d'un petit perron éclairé par deux lanternes de forte puissance, flanquant une double porte à carreaux dépolis. Une des portes s'ouvrit et deux infirmiers en blouse blanche descendirent vers le mobil-home. Bolan se tourna vers la jeune femme.

— Vous, vous restez là. Moi, j'ai à faire.

— Quoi ?

Elle avait crié et s'était reculée sur le siège, comme si le contact de la portière l'avait subitement électrisée.

— Cette clinique appartient au toubib qui vous a soignée quand vous étiez dans les vapes. Il va finir de vous rafistoler. Je repasserai vous prendre demain.

— Ça, sûrement pas !

Elle avait pris son air buté, s'accrochait des deux

mains à son siège. Près du char de guerre, les deux infirmiers attendaient. Bolan passa calmement son bras devant Manuela et débloqua l'ouverture de portière. Elle se tassa dans le siège.

— Vous ne viendrez pas. J'en suis sûre.
— Si c'était le cas, c'est que je serais mort.
Elle le supplia un instant du regard.
— Salaud, lâcha-t-elle dans un souffle.
Puis, après un silence tendu, elle céda d'un coup.
— Je vous attendrai. Demain. A n'importe quelle heure.

Puis elle sauta à terre, partit avec les infirmiers sans se retourner. Bolan la suivit des yeux jusqu'à ce qu'elle disparaisse derrière les portes aux vitres dépolies. Pour le cas où il ne reviendrait effectivement pas la chercher, il avait remis une enveloppe pour elle au toubib de Brognola. Une toute petite part de son trésor de guerre. Pour l'aider à redémarrer. On ne savait jamais.

***

Ernesto Varesi, dit *Joe Rackett*, était effectivement un gros morceau. Surtout quand on le prenait en *blot* avec toutes ses équipes de voleurs, de racketteurs, de tueurs à la petite semaine. Tous des camés, des tordus du cervelet. Chacun des hommes de *Joe Rackett* aurait été capable de tuer père et mère sur un simple commandement de leur chef. Pourtant, Ernesto Varesi ne payait pas de mine. Petit, jambes arquées, torse étroit et visage blême, il ressemblait davantage à un de ces semi-clochards qui hantaient les berges de la Detroit River, aux faubourgs de la ville. Seule différence avec eux, Ernesto Varesi n'était pas un fauché. C'était même carrément le contraire. Ses hommes disaient de lui qu'il avait tant de fric qu'il lui aurait suffi de le balancer dans le lac Erié pour traverser celui-ci à pied sec. Ce qui était sans doute quelque peu exagéré. Néanmoins, Varesi constituait avec ses équipes un des piliers de la famille Rosario. Il rançonnait tous les bars, les cafétérias, les épiceries et autres boutiques d'alimentation de la ville, lâchait ses voleurs à la tire, ses casseurs et autres malfrats, tel un général envoyant ses armées au front. Du plus petit au plus grand, chacun y trouvait son compte. Un seul impératif : ne rien garder du butin de la journée. A plusieurs occasions, des petits malins sans doute mal informés s'étaient hasardés à blouser leur responsable de section. Les coupables avaient été émasculés et expulsés de la région. Quant à leurs responsables de section, ils avaient été froidement abattus. Pour cause d'incompétence, et pour l'exemple. Depuis, afin d'éviter ce genre de contrariété, *Rackett* réunissait ses *capi* tous les jours. Une fois le soir pour le *briefing*, une fois le matin pour faire les comptes. Une organisation parfaitement rodée à laquelle émargeaient une douzaine de *capi* et plus de cent coupe-jarrets de toutes sortes. La Cour des Miracles, en plein vingtième siècle et dans le pays le plus « civilisé » de la planète.

Bolan savait tout cela. Phil Necker l'avait parfaitement instruit de la chose. Il lui avait même indiqué les quatre ou cinq points de rendez-vous qui servaient à ces réunions. Jamais exactement à la même heure, jamais non plus deux fois au même endroit. Mais, comme tous les maniaques de la prudence, *Rackett* avait un talon d'Achille.

Sa Bugatti restaurée 1930.

Un véritable bijou crème et noir aux chromes étincelants, aux cuirs de coussins moelleux qui lui avait coûté un énorme paquet de fric. Raison de l'enchère outrancière : Al Capone se serait baladé à son bord durant un certain temps. Ce qui n'était pas sûr du tout, mais il aurait été très imprudent de soutenir le contraire à Ernesto Varesi.

Bolan savait donc tout cela, et il roulait à présent dans les rues de Detroit, allant d'un point de rendez-vous à un autre, fouillant du regard les files de voitures garées le long des trottoirs. Il suffisait de repérer la Bugatti pour savoir lequel des points de chute Ernesto avait choisi ce soir. Seul inconvénient pour Bolan, les cinq points indiqués par Necker se trouvaient relativement éloignés les uns des autres.

C'était une affaire de ténacité et de patience.

*
**

Ce soir-là, Ernesto Varesi se sentait d'humeur charmante. En fait, il jubilait littéralement. A la suite d'une petite annonce, il avait enfin dégotté le collectionneur qui possédait l'unique pièce manquante de son joyau mobile : une simple petite plaque de fabricant. Celle de la batterie. Pour fêter l'occasion, il avait décapité un énorme havane verdâtre et fait sauter le bouchon d'un magnum de Moët et Chandon. Un nom français qui l'avait toujours fait rêver. Et là, minuscule sur la grande banquette arrière de son carrosse pour milliardaire, coupe en main, il dégustait son hydromel à petits coups précieux des lèvres. Devant lui, les larges dos du chauffeur et de Totto Cabrini, son garde du corps personnel. Un type qui pouvait écraser la tête d'un buffle d'une seule gifle et loger les six balles de son .357 Magnum doré à l'or fin dans un *cent* à plus de vingt mètres. C'était du moins ce qu'il prétendait. Devant la Bugatti, une voiture bourrée de flingueurs, derrière, une autre, tout aussi chargée. Mais ce soir, *Joe Rackett* n'avait vraiment rien à redouter. La chance était avec lui, il venait de trouver enfin cette foutue plaque qu'il cherchait depuis des mois. Sur le passage de la rutilante voiture, les têtes se retournaient, les regards s'allumaient. Autant de marques d'intérêt et d'envie qui réjouissaient le *mafioso*. Il les écrasait tous. Il était malin, riche, puissant et possédait la plus belle voiture du monde.

Décidément heureux, il lança aimablement au chauffeur :

— Magne ton cul, on est à la bourre.

Car *Joe Rackett* détestait arriver en retard. L'exactitude n'était-elle pas la politesse des rois ?

— *Boss!* On vient de le trouver !

La porte du vaste salon aux murs entièrement tapissés de cuir rouge venait de s'ouvrir à la volée sur Donato. Un verre de J & B en main, vêtu d'une robe de chambre en soie de chine brodée, *Big-Rock* leva sur son *caporegime* un regard incrédule et déjà furieux. Pointant son énorme bandage comme une massue, il hennit :

— On vient de trouver qui ?

Le géant se courba un peu sous le ton insultant, fronça les sourcils. Mais il était trop soulagé pour tenir vraiment rigueur à Rosario.

— Ben... le fumier, patron.

Big-Rock sursauta comme sous une décharge électrique, jaillit instantanément du profond fauteuil où il était vautré et fusilla l'arrivant de ses yeux méchants.

— Tu veux dire que...

— Oui, patron. Un des Cubains vient d'appeler. Il a repéré un *van* qui ressemble à celui de Bolan. Il a sauté dans un taxi et l'a pris en filature. C'est pas la peinture que les témoins ont décrite après l'attaque de Choo Lien, mais...

— Où il est, ce bordel de *van* ? coupa *Big-Rock*, soudain excité.

— Ben, le *castro*, il dit qu'il l'a repéré en train de tourner entre Savage Memorial Park et le Post Office. C'est dans le quartier...

— Je sais dans quel quartier c'est, merde ! Donne l'alerte et arrange-toi pour bloquer les rues autour avec des bagnoles. Et plein de types. Armés jusqu'aux dents.

— En pleine ville ? Ça risque de faire du vilain, *boss*.

— Ta gueule, éructa Rosario. Je me fous des cons qui circulent en ville à cette heure, j'ai rien à foutre non plus des flics. On s'arrangera avec eux après. Calte.

Donato était déjà à la porte. *Big-Rock* hurla :

— Si tu ramènes le fumier vivant, je te refile dix gros sacs.

Il ne précisa pas ce qu'il ferait si Donato échouait.

Joe Rackett aimait ce quartier. Il lui rappelait sa jeunesse, le temps des vaches maigres et de la vraie aventure. Il n'était alors qu'un minable voyou, un de ces nombreux dévoyés qui vivaient de modeste rapine et n'hésitaient pas à jouer du couteau pour se prouver qu'ils étaient des durs. A cette époque, il était déjà chef de bande. Depuis, tous ses anciens complices s'étaient retrouvés en taule pour plus ou moins longtemps. Certains avaient repiqué au truc, deux s'étaient fait anesthésier à la chambre à gaz, quatre ou cinq s'étaient fait régler leur compte au cours de hold-up ou de simples guerres entre bandes rivales. De tous, *Joe Rackett* était le seul à avoir tiré son épingle du jeu. Une ascension régulière, intelligente, sans accrocs. Alors, quand parfois il revenait sur les lieux de ses anciens exploits, une certaine émotion s'emparait de lui. Il avait conservé la *cave*. Celle qui servait autrefois de Q.G. à la bande. Un endroit symbolique dont il n'avait pu se défaire et qui l'avait obligé à acheter l'immeuble en entier. Une masure vétuste qu'il avait jalousement gardée en l'état et dont il avait fini par virer tous les locataires. Il aurait donc pu tenir ses réunions dans n'importe lequel des minables appartements de surface, mais il avait préféré élire domicile dans « sa » cave. Là, dans la moiteur et dans la crasse, les odeurs de moisi et l'humidité suintant à travers les murs, il aimait retrouver son passé et donner ses ordres. Comme autrefois. Malheureusement, il ne pouvait y venir régulièrement. Sécurité oblige. Simplement, ce soir, comme chaque fois qu'il s'apprêtait à descendre dans son petit « enfer », il était heureux.

— Gare-toi là.

Il venait de réaliser qu'ils tournaient en rond depuis un long moment entre Fort Street et les docks et qu'il était en retard. Il détestait cela. La

Bugatti parcourut encore une dizaine de mètres, s'arrêta dans un très léger grincement de freins. *Joe Rackett* fit la grimace. Il faudrait dire ça au mécano spécialisé qu'il payait à l'année. Si sa Bugatti grinçait, c'était qu'elle souffrait. Et lui, le *mafioso* le plus implacable des States, celui qui n'hésitait pas à faire bouffer leurs couilles à ceux qui commettaient la plus petite erreur, avait des chagrins de midinette quand il s'agissait de son joyau mécanique.

Joe Rackett attendit que Totto Cabrini, .357 en main, soit descendu et lui ait fait signe pour quitter lui-même le havre de félicité que constituait la Bugatti. Par sa seule présence, le géant interdisait tout attentat contre *Joe*. Il était si grand et si large qu'on avait l'impression qu'il couvrait entièrement son nabot de patron de tous les côtés en même temps. D'ailleurs, jamais personne n'avait essayé de descendre *Rackett*. Il mit pied à terre, aussitôt entouré par une nuée de porte-flingues taillés sur le gabarit de leur *caporegime*. Comme leur chef, ils étaient tous capables d'abattre une mouche en plein vol.

La petite rue remontant en direction de Lafayette Boulevard sentait la pisse de chat, la cuisine à la tomate rance et les égouts. Autant d'odeurs qui enchantaient le sens olfactif de *Rackett*. C'était toute sa jeunesse. Il s'arrêta une seconde au centre de sa forteresse humaine, huma l'air lourd avec délices, se résigna enfin à s'engouffrer dans l'étroit couloir qui lui faisait face. Deux hommes restèrent autour de la Bugatti, discutant avec le chauffeur qui allumait enfin la cigarette attendue si longtemps, tandis que le petit groupe traversait une cour pavée éclairée par une simple ampoule nue accrochée au-dessus d'une porte en bois.

LA cave.

Une vingtaine de marches, encore deux hommes laissés en faction à l'extérieur, une autre porte en bois, un flot de lumière jaune et de fumée.

A l'entrée de *Joe Rackett*, les conversations s'arrêtèrent net et les têtes se tournèrent avec un ensemble touchant. Dans le même temps, les chaises raclèrent le ciment râpeux et la douzaine d'hommes présents se leva. Un rituel, quelles que soient les circonstances de la réunion et le lieu où elle se déroulait. Joe Rackett était un monarque et entendait bien qu'on le lui prouve à chaque occasion. Il laissa son regard aigu et cruel passer sur l'assistance, hocha la tête, gagna le fauteuil qui lui était réservé en bout de table et posa son chapeau sur le tapis noir qui la couvrait. Puis il laissa tomber avec morgue :

— Ça va. Asseyez-vous.

La séance était commencée.

Angie Canasta commençait à en avoir marre. Tous les soirs la même rengaine. Toujours lui qui était obligé de surveiller la tire du *boss*, sous prétexte qu'il avait été laveur de bagnoles avant d'entrer dans la bande de *Rackett*. Si encore il y avait eu autre chose à faire qu'à échanger des lieux communs avec ce connard de Dixie qui ne pensait qu'aux gonzesses et cet abruti de Rio, le chauffeur bien dévoué et bien con. Rio ! Tu parles d'un nom. Même au Brésil on lui aurait changé d'office son état civil. Décidément, Angie passait son temps à se les briser menu. Jamais le moindre pépin. Pas un seul candidat au suicide à descendre. Toute la journée, il s'entraînait sur des boîtes de conserves. Une véritable indigestion de ravioli. Il finissait par ne plus les manger et se contentait de massacrer des boîtes pleines. Au moins, grâce à la sauce, ça avait l'air de saigner un peu.

— Eh, Angie ! Qu'est-ce que tu penses de Reagan, toi ?

C'était cet abruti de Rio. Accoudé à la portière de ce qu'il prenait parfois pour sa propre bagnole, il fumait en singeant les attitudes du *boss*. Sauf que c'étaient pas des havanes. Et Dixie le regardait comme s'il attendait une réponse digne du Pentagone. Angie réfréna une grimace, faillit cracher par terre.

— De la merde, grogna-t-il, sans doute complètement à côté de la question.

Les deux autres lui jetèrent des regards en coin et Dixie fit un commentaire philosophique :

— C'est quand même un Américain, non ? L'Amérique, c'est quand même quelque chose, non ?

— De la merde, assura derechef le porte-flingue malheureux.

Non pas qu'il manquât d'imagination, mais trop parler lui donnait soif. Il aurait, de très loin, préféré devoir défourailler sur une vraie cible humaine. Un de ces types bien sanguins qui pissent le résiné à la moindre égratignure. Du coup, les deux autres se désintéressèrent de lui et reprirent leur conversation à voix basse. Angie les trouva vraiment stupides. La rue était sombre à souhait. Il fit quelques pas, passa derrière la Bugatti, posa son important fessier sur le pare-chocs arrière, rabattit son chapeau sur ses yeux et se mit à ressasser de sombres pensées. Une introspection profonde qui s'étendit dans le temps. Il n'entendait même plus les deux autres palabrer à quelques mètres de là. Pas plus qu'il ne prêta attention aux bruits insolites qui se firent entendre un peu plus loin. Comme deux « flops » de bouchons de champagne qui sautent en douceur. Ces deux salauds n'avaient tout de même pas tapé dans la réserve de Moët du *boss*! Un truc à se faire descendre.

D'un coup, Angie cessa de penser philosophie. Si ces deux imbéciles se tapaient le Moët et Chandon millésimé de *Rackett*, ce serait également sa fête. Même s'il n'en avait pas bu. Il voulut se redresser, la bouche déjà ouverte sur une terrible indignation. Il n'en eut pas le temps.

Juste sous le rebord arrière de son chapeau, quelque chose de dur et de chaud presque brûlant venait de s'enfoncer dans sa nuque. Et une voix glaciale grinça :

— Tu es fatigué de vivre, Angie ?

Le porte-flingue mit deux secondes à sortir de sa torpeur et à réaliser la situation. Nom de Dieu, c'était pas vrai ! Comment une telle chose avait-elle pu lui arriver aussi connement ?

CHAPITRE XIII

Dixie et Rio étaient morts. Pas à cause du Moët, mais d'une arme à silencieux. Angie voyait les deux corps sur le trottoir, n'y comprenait rien.

— Reste tranquille, mec.

Derrière lui, la voix glacée ressemblait à celle de la mort. Du moins, telle que l'imaginait Angie. La chose dure s'enfonça davantage dans sa nuque.

— Ton flingue.

Il comprit avec un léger décalage, finit par aller doucement chercher sous sa veste son magnifique Korth .357 doré à l'or fin. Il avait envie de massacrer la terre entière et comprenait désormais mieux comment, ainsi que *Rackett*, on pouvait tant tenir à un simple objet. Son flingue, il l'aimait vraiment. Quand l'inconnu s'en empara, il faillit hurler de rage. Mais dans sa nuque, la mort veillait.

— Lève-toi, maintenant.

Angie s'exécuta, l'esprit en déroute et ressentant une vague nausée. Si *Rackett* apprenait qu'il s'était laissé avoir...

— Avance vers le porche.

Il avança comme dans un état second. Le grand mec le poussa et il trébucha. Quelque chose lui soufflait à l'oreille qu'il n'avait aucune grâce à attendre de ce type, mais il était complètement incapable de réagir. Sans son flingue, il se sentait désormais tout nu.

— Appelle les autres. Dis que la bagnole a un problème.

— Mais...

— Je compte jusqu'à trois. Un...

— Eh, vous autres ! appela Angie d'une voix étranglée. Venez voir. Y a un truc pas net...

Deux ombres jaillirent instantanément de l'ombre, apparurent dans la lumière fixée au-dessus de la porte de la cave. Il y eut deux simples « flop » et les deux types foudroyés sur place par les 9 mm du Beretta s'écroulèrent avec ensemble. Derrière Angie, la voix sinistre résonna encore :

— Continue d'avancer.

Cette fois, Angie voulut résister. Il commençait à reprendre un peu son sang-froid. Il amorça une ruade, ne comprit pas ce qui lui arrivait. En fait, le silencieux du Beretta s'était davantage enfoncé dans sa nuque. Exactement à l'emplacement d'un petit nerf bien connu des spécialistes du jiu-jitsu. Un point vital très douloureux. Une simple pression et on pouvait paralyser un homme pour un bon moment. Angie voulut crier, mais n'y parvint pas. Même sa voix était bloquée. Il fut durement poussé dans le dos, avança enfin. Quand ils furent tous deux devant la porte en bois, l'inconnu commanda encore.

— Frappe et dis ce qu'il faut. S'ils n'ouvrent pas, tu es mort.

Angie ne savait plus ce qu'il faisait. Il obéissait sans réagir vraiment. Pourtant, avec sa masse, il aurait eu une chance d'écraser l'autre contre le mur, de donner l'alerte avant de mourir. Il aurait fait son boulot. Il aurait été digne de l'image qu'il avait de lui-même. Pourtant, il frappa à la porte, parla si bien qu'une clé tourna dans la serrure. Aussitôt, ce fut le carnage. Avant de ressentir une terrible explosion dans sa tête, il vit deux ombres émerger de l'escalier à peine éclairé, aperçut deux faces qui éclatèrent dans un jaillissement de sang. Tout cela en moins d'une seconde. Dans le même temps, il vit que les images se troublaient, sentit un vide sidéral le happer... puis il ne sentit plus rien. En fait, il était mort en lâche.

Dans la foulée, l'Exécuteur sauta plusieurs marches à la fois, se retrouva devant une autre porte en bois. Mais là, plus de finesse. L'énorme AutoMag dans la main droite, la mini-Uzi ayant remplacé le Beretta dans la main gauche, il se ménagea un court instant de répit dans l'ombre relative de l'escalier. Ainsi, vêtu de sa combinaison noire, plusieurs grenades accrochées à son ceinturon de combat, il ressemblait à une sorte de diable exterminateur au fond de son enfer. Il colla son oreille au battant, écouta un court instant, leva le canon allongé du réducteur de son de la mini-Uzi et pressa brièvement la détente. Il y eut des craquements en rafale puis, sous la poussée de Bolan, le panneau vola en éclats.

Devant lui, la scène se figea. Autour de la table au tapis noir, treize hommes, treize paires d'yeux affichant diverses expressions. Plus quelques porte-flingues au fond. Certains eurent le temps d'esquisser un embryon de geste avant que la tempête de feu et de plomb se déclenche. L'Uzi cracha son message de mort en libérant les vingt cartouches restant dans le chargeur, tandis que le terrible

AutoMag aboyait régulièrement de son côté. Tandis que devant lui, les *mafiosi* atterrés s'écroulaient dans des mares de sang, l'Exécuteur visa posément la tête de *Joe Rackett*. Il avait déjà été touché au ventre et se penchait en avant en se tenant les tripes. Bolan pressa de nouveau la détente de l'Uzi. A cinq mètres, le crâne du chef de la petite pègre éclata comme une pastèque. Ce fut un jaillissement formidable qui éclaboussa tapis noir et murs humides, jusqu'à la voûte qui se teinta sinistrement de rouge. Un éclat accroché au mur alla briser une des deux ampoules accrochées au-dessus de la table. Il fallait en finir. Bolan rengaina prestement l'AutoMag vide de munitions, accrocha une grenade à sa ceinture et la dégoupilla avec ses dents avant de la projeter au milieu de la pièce. Il fit immédiatement un bond en arrière et se plaqua au mur du petit couloir. Deux secondes plus tard, l'explosion fracassante fit jaillir un nuage de poussière par la porte. Il avait déjà une grenade incendiaire en main. Tandis qu'une épaisse fumée sortait de la cave dévastée, il lança l'engin de mort, se recula aussitôt en fermant les yeux. Il y eut un éclair aveuglant et la charge de phosphore dispersée commença à faire son œuvre. Il fallait quitter l'endroit. L'Exécuteur se rua dans l'escalier, grimpa les marches de pierre quatre par quatre. Il allait passer l'ouverture béante de la porte, quand son instinct l'alerta.

Un détail.

Une sonnette d'alarme s'était instantanément déclenchée dans sa tête.

Un simple détail. Seulement perceptible par un expert de la guerre et de la mort comme lui. Il se souvenait. Ou plutôt, ses rétines se « souvenaient » parfaitement de la position dans laquelle était mort Angie. La balle l'avait atteint dans la nuque et il s'était écroulé sur le pavé, face contre terre. Raide. Et, au cours de sa longue vie d'aventures et de dangers, l'Exécuteur n'avait jamais vu un type ressusciter après une mort par balle dans la moelle épinière. Or, il y avait ce petit détail. Rien qu'un bas de jambes de pantalon et deux chaussures. Angie était mort, pointes de chaussures vers le sol et, maintenant, à peine une minute plus tard, ses pointes d'escarpins étaient dirigées vers le ciel.

Pour un mort, il avait considérablement bougé.

L'Exécuteur réfléchissait toujours vite. Surtout lorsqu'il se sentait en danger. Cette fois encore, son esprit fonctionna à la perfection. Quelqu'un avait modifié la position du cadavre.

On l'attendait.

Plus question de quitter la cave comme prévu. Il fallait redescendre. Heureusement, il n'avait pas incendié le couloir du bas. Mais les flammes n'allaient pas tarder à s'étendre à tout l'immeuble par les gaines d'aération.

L'Exécuteur plongea dans l'escalier. Il régnait une chaleur insupportable dans le couloir souterrain et une épouvantable odeur de chairs calcinées. A cause de l'incendie, il y faisait clair, mais la fumée terriblement acide piquait les yeux et les poumons. Bolan rencontra un autre escalier qu'il gravit aussitôt. Puis il buta contre une porte. Sans doute une issue sur d'autres communs de l'immeuble. Si on avait retourné le mort pour vérifier qu'il l'était bien, on l'attendait aussi de ce côté-là. Donc, deux possibilités : ou forcer le « barrage » de celui ou ceux qui l'attendaient, ou bien mourir étouffé ou brûlé dans cette cave infernale. De toute manière, il n'y avait pas d'innocents dans l'immeuble. Selon les sources de Necker, les appartements avaient été vidés des locataires, tout appartenait à *Joe Rackett*. Pas de gants à prendre. Bolan prit instantanément sa décision. Il expédia quelques balles silencieuses d'Uzi dans le panneau, le fit pivoter d'un coup de pied, se plaqua au mur et envoya une grenade à fragmentation dans le petit hall qu'il venait de découvrir. L'engin fit un bruit d'enfer en éclatant, mais, déjà, l'Exécuteur avait plongé. Un autre mouvement de bras, une autre grenade, un tonnerre assourdissant, un cri qui se transforma vite en gémissement. Uzi en main, Bolan jaillit dans la cour, prêt à faire feu.

Ça n'était plus la peine.

L'homme se tordait, là-bas, dans une mare de sang, se comprimant la poitrine des deux mains, grognant de souffrance. Assis contre un mur lépreux, il levait sur le démon noir des yeux affolés et suppliants. D'un bond, l'Exécuteur fut sur lui. Un métis qui saignait d'une profonde coupure au front et dont les mains crispées sur la poitrine étaient poisseuses de sang. Il n'était pas armé. Bolan braqua l'Uzi vers les quelques fenêtres encore non murées des étages. Mais personne ne le menaçait.

— Ne me tuez pas !

Le blessé parlait avec un fort accent. Un accent que Bolan connaissait bien. Il réagit immédiatement, pointa le canon du Beretta sur la tempe du type. Couvrant la cour et le porche de l'Uzi, il questionna :

— Cubain ?
— *Si*.
— Où sont les autres ?

— Je... je suis seul. Je... vous ai suivi en taxi. J'ai téléphoné... ils vont arriver.

L'Exécuteur fit la grimace. Il arracha la main ensanglantée du torse blessé, estima les dégâts. Juste un léger éclat. Sans doute une côte cassée, des chairs hachées. Le type avait eu de la chance.

— C'est toi qui as retourné le mort ?

Le Cubain hocha affirmativement la tête. Il crevait de peur et Bolan était pressé.

— Au téléphone, tu as donné le signalement du mobil-home ?

— *Si*. Ne... ne me tuez pas.

— Ça dépend de toi. Si tu ne joues pas au con, je te largue devant l'hôpital. Un geste de travers et je t'achève. O.K. ?

— *Si ! Si !*

Bolan le releva sans douceur, le poussa devant lui. Le char de guerre était garé dans Fort Street, non loin de la Douzième Rue. Tout allait se jouer sur le fil du rasoir. Si les autres avaient déjà trouvé le *van*, ç'allait être la vraie guerre. D'autant qu'avec le bruit des explosions, l'incendie qui s'étendait rapidement à l'immeuble, police et pompiers allaient investir le quartier dans peu de temps.

Bolan attrapa le Cubain par l'arrière de son col.

— Dépêche-toi.

L'autre ne se fit pas prier. Dans Fort Street, des voitures s'arrêtaient et des attroupements se formaient. On regardait le ciel qui s'embrasait. Au loin, des sirènes de police s'annonçaient. Le *van* était là. Bolan hâta le pas. Un type se pencha à la portière d'une vieille Mercury, questionna, excité :

— Qu'est-ce qui se passe ?

L'Exécuteur ne répondit pas. Le mobil-home n'était plus qu'à vingt mètres, mais la circulation s'épaississait, du fait des attroupements. Il tenait l'Uzi contre sa cuisse, du côté des façades. Elle était donc invisible de la rue, mais son étrange combinaison noire intriguait et les regards s'accrochaient à lui. Et le Cubain saignait de plus belle.

— Il est blessé ? demanda une voix quelque part.

L'Exécuteur ignora la question, poussa l'autre devant lui. A cet instant, une lourde Impala noire déboîta de la file de véhicules. Tous phares allumés, elle fonça en oblique et traversa l'artère comme un bolide. Bolan enregistra la scène au quart de seconde. Des éclairs zébrèrent la nuit, des projectiles s'écrasèrent sur les murs à quelques centimètres derrière Bolan. Instinctivement, il envoya promener le Cubain contre le *van*, leva l'Uzi et envoya une courte mais très précise giclée de 9 mm dans l'Impala. Il y eut des cris, des coups de freins et le lourd véhicule sauta sur le trottoir dans un jaillissement de verre. Pare-brise brisé, elle frôla l'Exécuteur qui plongea vers le char de guerre, se désintégra littéralement contre le mur aveugle d'un établissement administratif. Une gerbe de feu fusa vers le ciel et se transforma en une boule d'un rouge sombre crachant une épaisse fumée noire.

Contre toute attente, le Cubain n'avait pas profité de la diversion pour s'enfuir. Il aurait pourtant pu se précipiter vers une des voitures anonymes, demander du secours. Mais, étrangement, il semblait rivé à l'acier peint du *van*, roulant des yeux éperdus, semblant attendre Bolan comme le Messie. Celui-ci déverrouilla la serrure à secrets de la portière de gauche. Il catapulta sans ménagement le métis dans la cabine, grimpa à son tour, fit immédiatement vrombir le puissant moteur Toronado, déboîta et parvint à se faufiler entre deux véhicules. Evidemment, compte tenu du spectacle qu'il venait d'offrir, personne ne tenta de l'empêcher de passer. Il accéléra et fut bientôt bloqué dans le nœud de circulation. Des gyrophares de pompiers commençaient à se montrer dans le lointain, des sirènes de police se rapprochaient. Contre la portière passager, le Cubain soufflait fort, jetant des regards angoissés à ce diable noir qui avait l'air toujours aussi calme. Bolan leva les yeux sur lui et jeta :

— Déballe ton histoire.

L'autre hésita.

— Je... vous me ferez soigner ?

— Après. Je t'écoute.

L'Exécuteur reporta son attention sur la conduite du *van*. La circulation s'épaississait.

Parmi le flot des véhicules bloqués dans Fort Street, il aperçut les deux grosses limousines noires qui venaient lentement en sens contraire. A l'intérieur, il y avait beaucoup de monde. Et sans doute pas mal de flingues...

CHAPITRE XIV

Il y en avait aussi deux derrière, plus celles que l'Exécuteur n'avait pas encore repérées, mais dont la présence était vraisemblable. Il ne pouvait se tromper. Il reconnaissait ce genre de voiture entre toutes. Et, pour le moment, pas moyen de leur fausser compagnie. Le char de guerre était coincé dans la circulation bloquée, les autres aussi. Et à l'abri dans le *van*, Bolan ne risquait rien. Il aurait pourtant préféré prendre des risques et se battre. Mais dans cette marée de tôles, c'eût été un massacre. Il fallait décrocher, les autres occasions d'en découdre n'allaient pas manquer. Dans un avenir très proche. Si au moins il avait pu tourner dans la Douzième Rue et s'échapper par les quais... Dans les docks de l'est, il aurait eu une chance de trouver le contact. A condition que l'ennemi l'y suive. Mais l'intersection de la Douzième Rue était encore inabordable.

Gris de peur, le métis s'était tassé dans son siège et roulait des yeux atterrés. Bouche ouverte, il n'arrivait pas à articuler un seul mot. Pour le décider, Bolan lui montra son Beretta dont le gros silencieux noir donnait une allure sinistre à l'arme. L'autre couina de panique. Bolan insista :

— Je veux tout savoir ou je te soigne à ma façon.

Tandis que, du coin de l'œil, Bolan surveillait les grosses voitures noires des *amici*, le Cubain déglutit péniblement en se tenant les côtes. Il devait souffrir, mais l'hémorragie semblait ralentie. Sa vie n'était pas en danger.

— C'est le syndicat, commença-t-il en hésitant encore.

— Quel syndicat ?

— Celui des usines. Pour les voitures. Nous, on est venus ici pour travailler et...

— Arrête ton cinéma, coupa durement Bolan, en redressant l'automatique. Je sais ce que les Cubains font dans nos usines de Detroit. Un seul mot pour désigner ça : le bordel. O.K. ? Maintenant, accouche. Tu bosses pour *Big-Rock* ?

— *Big-Rock* ?

L'autre semblait réellement ne pas saisir. Bolan l'aida d'une pression de son arme.

— Rosario. Il s'appelle Rosario et il est le *boss* de la mafia locale. C'est par lui que tes potes et toi avez réussi à infiltrer l'industrie automobile du coin. Tu y es ?

Une hésitation, puis :

— *Si*.

— Continue.

Insensiblement, la file dans laquelle se trouvait le char de guerre avait avancé de quelques mètres. Encore trois ou quatre, et, si aucun incident ne venait l'en empêcher, Bolan tenterait son va-tout. Un impératif : conserver la tête froide et toute sa vigilance. Près de lui, le Cubain ouvrait enfin les vannes :

— On nous a réunis. On nous a dit que le monde ouvrier était en danger. Qu'un ennemi de la démocratie massacrait depuis des années tous ceux qui étaient pour le progrès social. On nous a dit qu'avec notre aide, on pourrait enfin débarrasser le monde de ce monstre.

— Qui a dit ça ?

— Euh, je sais pas son nom. Un type maigre, avec des yeux de fakir.

Bolan hocha la tête. La description dénonçait Nino Carruci, le *consigliere* de *Big-Rock*. Tout à fait le personnage capable de lever des foules. Necker en avait parlé comme d'un brillant avocat qui aurait mal tourné dans les années soixante. Un combinard politique doublé d'un escroc. La pire race des *mafiosi*.

— Continue.

— Moi, poursuivit le Cubain, j'ai été désigné pour patrouiller en ville et repérer votre bagnole...

— Vous étiez combien pour faire ça ?

— Une trentaine. Peut-être quarante.

— Et puis ?

— Il y en a une cinquantaine d'autres. On les a emmenés quelque part. Je sais pas où. On leur a dit que ce serait pas long et qu'on s'arrangerait avec les directions des usines.

— Parmi ceux-là, tu en connais ?

— *Si*. Des voyous. Des durs. A La Havane, ils étaient toujours à l'affût d'un mauvais coup, d'une sale combine !

Bolan comprit qu'il aurait affaire à une équipe supplémentaire de tueurs.

A travers le pare-brise et dans le rétro, il suivait le lent louvoiement des grosses voitures noires. Celles de devant s'approchaient plus vite de lui que les autres. A ce rythme, ils seraient au contact dans moins de deux minutes. Et l'Exécuteur ignorait ce que les *amici* lui concoctaient. De son côté, à cause de la présence de centaines d'innocents alentour, il était très limité. Pas question d'utiliser des grenades, encore moins des missiles. Quant aux armes automatiques, elles représentaient un danger non négligeable pour tous ces automobilistes coincés. Il n'y avait qu'une solution. Délicate et aléatoire. Dans une minute.

Hal avait raison, ça sentait mauvais. *Big-Rock* et le vieux Carnero s'étaient mis d'accord pour lever une véritable armée. Et les « spécialistes » envoyés de New York étaient là pour l'instruire rapidement. Un seul objectif : le tuer, lui, Mack Bolan le fumier.

Un petit sourire cruel flotta fugacement sur ses lèvres et dans son regard, une étincelle fulgura. Puisqu'ils voulaient la vraie guerre, ils allaient l'avoir... à condition qu'il parvienne enfin à se sortir de ce guêpier. Sans la présence du Cubain dans la cour du petit immeuble maintenant en flammes, Bolan aurait eu largement le temps de prendre le large avant les premiers encombrements. Un impondérable. Il en avait été victime, il allait devoir rétablir la situation.

A sa manière.

Le croisement de la Douzième Rue arrivait tout doucement.

Bolan insista auprès du métis :

— Tu es certain de ne pas savoir où sont tes cinquante copains ?

L'autre secoua négativement la tête avec une énergie farouche. Peut-être s'imaginait-il que Bolan allait le tuer par dépit. Mais, provisoirement, celui-ci songeait à autre chose. Dans un angle du rétroviseur extérieur, il venait de voir s'ouvrir la portière d'une Cadillac noire. Deux hommes sautèrent à terre. Silhouettes et faces de brutes. Tandis que le plus petit se penchait vers le chauffeur pour lui dire quelques mots en lançant de rapides coups d'œil en direction du *van*, l'autre alla ouvrir le coffre arrière, en sortit ce qui semblait être un gros rouleau de carton. Le type referma le coffre, laissa son regard planer au-dessus de la marée de voitures, puis adressa un vague signe de tête à son copain. Tous deux traversèrent alors le flot immobile et remontèrent lentement le trottoir opposé en direction du char de guerre. Une sonnette d'alarme retentit sous le crâne de l'Exécuteur. Ces deux-là ne venaient pas lui apporter des fleurs. Pour venir à bout du blindage du *van*, il n'y avait qu'une solution : l'artillerie lourde ou le bazooka.

En un éclair, alors que les deux autres laissaient tomber le carton d'emballage de l'engin, l'Exécuteur l'avait identifié. Une onde glacée lui parcourut l'échine. Les ordures allaient tirer au bazooka. En pleine ville ! En pleine foule ! Tout allait désormais très vite dans la tête de Bolan. Même un tank ne résistait pas à un bazooka. Alors, même blindé, un mobil-home...

L'Exécuteur ne réfléchissait plus. Déjà, l'action se déroulait avec une logique implacable. Il suffisait de quelques secondes seulement pour mettre l'engin en batterie. Et, compte tenu de la faible distance qui le séparait de sa cible, la visée ne prendrait guère plus de temps. Là-bas, les deux *mafiosi* s'étaient immobilisés. Celui qui tenait le « tube » avait écarté les jambes, tandis que l'autre se plaçait à son côté, prêt à servir de point d'appui. Au même moment, les vitres des voitures noires qui se trouvaient sur la gauche et légèrement en avant du *van* s'abaissèrent avec un ensemble parfait. Dans l'ombre des habitacles, des armes se profilèrent. Et Bolan savait pourquoi. Elles étaient destinées à couvrir les servants du bazooka. Conscients que Bolan repérerait les deux hommes et l'engin, les *mafiosi* attendaient qu'il descende sa glace blindée pour tenter d'abattre les servants. Dès lors, il courait deux dangers : celui d'être réduit en cendres par la roquette et celui d'être arrosé de tous côtés par les armes automatiques. Il suffisait de choisir sa mort. Mais Bolan ne songeait plus à lui. Dans cette marée de voitures, l'engin allait faire un véritable carnage, qu'il touche ou non le *van*. Des dizaines de morts et une panique qui en provoquerait d'autres.

Il fallait faire très vite.

— Descends !

Il venait de déverrouiller les fermetures automatiques de la portière « passager », poussait le métis sans ménagement. L'autre se retrouva sur la chaussée sans trop comprendre ce qui lui arrivait. Là au moins, le Cubain avait une chance de s'en tirer. La portière à peine refermée, Bolan se rua dans le module opérationnel, s'empara de son M.16, et fit glisser une des minuscules meurtrières latérales du *van*. Il y avait juste de quoi y glisser un canon d'arme. Il épaula, chercha ses cibles, visa soigneusement. Dans le prolongement des 500 millimètres de la ligne de mire, la tête du servant se profila en une fraction de seconde. Il avait déjà l'engin sur l'épaule et son aide prenait appui contre lui. Bolan vit nettement la main du *mafioso* courir sous le tube, s'arrêter à hauteur de la détente. Il bloqua alors son souffle et tira.

Dans le grondement multiple de la circulation forcenée, les deux détonations simultanées ne firent pas plus de bruit que l'explosion d'un échappement mal réglé. Dans la même seconde, les deux têtes des *mafiosi* furent transformées en une bouillie rougeâtre par les balles pendulaires de .223. Le « tube » décrivit une courbe involontaire et alla percuter le mur derrière les deux hommes tandis que ceux-ci, dans un ensemble touchant, battaient l'air de leurs bras fous avant de s'écrouler dans d'ultimes spasmes nerveux. Déjà, l'Exécuteur avait fait décrire au canon du M.16 un angle de quarante degrés environ. Il avait à présent une des Cadillac noires dans sa ligne de visée. Du pouce, il bascula le sélecteur de tir sur « rafale », pressa de nouveau la détente. L'arme tressauta dans ses mains tandis que, dans un tir en « plongée », les ogives brûlantes de .223 allaient percuter le pare-brise de la voiture. Un tir bref de douze balles, parfaitement groupé, sans danger pour les autres véhicules, juste pour vérifier. Un bref sourire étira les lèvres de l'Exécuteur. Il avait pensé juste. Les *amici* n'étaient pas fous. Le piège était tendu avec des véhicules blindés.

Ils étaient donc à égalité. Ou presque.

Soudain, un concert d'avertisseurs s'éleva derrière le char de guerre. Par l'entrebâillement du panneau de séparation entre le module et la cabine, Bolan vit ce qu'il avait espéré. Devant lui, le flot s'était avancé de plusieurs mètres. L'intersection de la Douzième Rue était enfin dégagée. Bolan lâcha le M.16, referma la meurtrière et revint rapidement s'installer derrière le volant. Mais ce qu'il avait redouté était en train de se réaliser. Plusieurs véhicules s'étaient élancés dans cette brèche, aussitôt suivis par d'autres. Logique. Comme il était prévisible que les voitures des *amici* profitent de cette échappatoire. Et la Mafia avait pensé comme l'Exécuteur. Ils avaient calculé qu'il s'échapperait par là dès que cela serait possible. Aussi, deux Cadillac s'étaient-elles déjà portées à l'entrée de la Douzième, bloquant son accès. Bolan n'avait plus le choix. Il passa la première vitesse et fonça. Avec un maximum de puissance. Devant lui, les deux limousines grossissaient rapidement. La vitre d'une portière arrière s'ouvrit, libérant un chapelet d'éclairs. En s'écrasant sur le pare-brise du *van*, la grêle de 9 mm fit un bruit épouvantable, mais le « triplex » blindé de 25 mm d'épaisseur tint bon une fois de plus. Bolan s'arc-bouta au volant, enfonça la pédale d'accélérateur, moteur grondant.

Le choc fut épouvantable.

Les pare-chocs renforcés et largement en avant de la carrosserie jouèrent à plein leur rôle de bélier. Malgré son blindage, la première Cadillac se plia complètement sous l'impact. Il y eut un bruit d'enfer, une portière arrachée vola, vint s'écraser contre le nez du mobil-home et retomba sur le crâne d'un *mafioso* éjecté qui resta inanimé. Quant à la deuxième voiture, prise par l'arrière alors qu'elle tentait une manœuvre de repli, elle se souleva, bascula sur son capot avant, puis retomba sur le toit. Tandis que les *amici* tentaient de s'extraire des tôles broyées, il y eut une sorte d'éclair rougeâtre, puis une flamme claire et vive fusa sous un capot éventré. D'un coup, la Cadillac retournée s'embrasa comme une torche. Un grand type s'en éjecta en hurlant, brandissant une grosse Thomson. Dans son dos, les flammes accrochées à sa veste formaient d'étranges ailes infernales. Il vira sur lui-même et Bolan put voir sa face ensanglantée se tordre de souffrance et de rage. Le *mafioso* leva le canon de la Thomson, vida tout son chargeur sur le pare-brise du *van*. Instinctivement, l'Exécuteur battit des paupières, mais encore une fois, le verre blindé résista bravement. D'un coup d'accélérateur, Bolan fit faire un bond en avant au *van*. Le type à la Thomson tenta de s'effacer sur le côté mais il fut happé par le pare-chocs et disparut sous le lourd véhicule. Il était déjà mort quand la roue arrière du char de guerre passa sur son corps en cahotant. Sur la gauche, il y eut une explosion sourde. La première Cadillac venait également de prendre feu. Aucun des *amici* ne put s'en arracher avant qu'une énorme boule de feu vienne faire taire les hurlements sauvages qui s'en échappaient. Autour, c'était la panique totale. Des voitures folles grimpaient sur les trottoirs. L'une d'elles, une vieille Plymouth, alla percuter la vitrine d'une agence bancaire. Sans doute moins solide que le pare-brise du *van*, la grande vitre blindée explosa sous le choc. La Plymouth acheva sa route dans le comptoir en marbre qui ne résista pas davantage. Des sirènes se mirent à hurler, des lumières s'allumèrent de toutes parts et une voiture de police, surgie du chaos, percuta à son tour l'arrière d'une Cad' en feu.

Devant le *van*, la Douzième Rue était maintenant complètement dégagée. L'Exécuteur enfonça l'accélérateur. Du verre éclata quelque part, mais le *van* passa en se dégageant des débris. Il jaillit dans la Douzième, fonça dans la pente, en direction de la Detroit River. Mais alors qu'il tournait en trombe dans le boulevard latéral, une rafale cingla l'arrière du char de guerre. La chasse était lancée. Il en eut la confirmation quand, deux cents mètres plus loin, à l'entrée des quais à peine éclairés, quatre paires de phares éblouissants convergèrent dans sa direction dans un mouvement de tenaille imparable. A gauche : la Detroit River luisante. A droite : les murs aveugles des hangars et, derrière, une armada de voitures lancées dans un furieux hallali de moteurs hurlants.

Cette fois, c'était la vraie guerre.

CHAPITRE XV

Devant et derrière le char de guerre, les voitures s'étaient arrêtées. Il y avait maintenant sept paires de phares. Sur la vaste esplanade encombrée de wagons immobiles, de containers et de palettes de chargement, le vent acide faisait voler les papiers gras. Avec des taches de lumière qui ressemblaient à des yeux de fauves à l'affût, l'endroit était sinistre. Pourtant, l'Exécuteur frémissait d'une sourde joie intérieure. Il avait enfin établi un vrai contact. Sept voitures bourrées de *mafiosi*. Une trentaine de flingueurs lâchés à ses trousses. Ils étaient tous là, assoiffés de vengeance et de sang. Et, croyant avoir coincé le *van*, ils étaient persuadés de pouvoir finalement en venir à bout.

En réalité, ils s'étaient trompés.

Une fois encore, Bolan avait abusé les *amici*. Sa « fuite » vers les docks n'avait répondu qu'à l'unique souci d'épargner des innocents. Il y avait trop de monde dans les rues. Il avait délibérément choisi les quais comme théâtre de son futur combat, et l'endroit était exactement comme lorsqu'il était venu le reconnaître, quelques nuits plus tôt. Désert et sombre, idéal pour tendre un piège. Tout dépendait, en fait, de l'initiative. Et ceux d'en face étaient persuadés de l'avoir prise. En effet trois autres voitures survinrent bientôt. Comme les autres, elles entrèrent dans la zone la plus close des immenses docks et se répartirent de manière à ce que, avec les précédentes, elles forment un arc de cercle infranchissable, ne laissant comme unique retraite que l'eau noire de la Detroit River. Mais Bolan n'avait nullement l'intention de lancer le char de guerre dans le bassin. Bien au contraire. Il attendait simplement d'en savoir un peu plus long sur la tactique adoptée par l'ennemi. Ou plutôt, il en attendait d'en avoir confirmation, car il avait déjà sa petite idée sur la question.

Tranquillement, il prit donc le temps de s'occuper de son propre armement. Grâce au *computer* de bord, il fit monter quatre missiles incendiaires sur les rampes de la tourelle du toit, opéra ses réglages de visée sur l'écran du tableau de bord et positionna le petit point rouge sur le groupe de voitures le plus compact : celui qui coupait la retraite vers le nord. Avec ces nouveaux mini-missiles du type AIM 9J, mais à charges au phosphore solide, il aurait pu incendier tout un quartier de la ville. Et si cela ne suffisait pas, il possédait dans la soute du *van* quelques bonnes vieilles roquettes capables de faire sauter tout le complexe portuaire de cette zône. Il n'était pas inquiet non plus à propos de la police municipale. En majorité achetée par *Big-Rock*, elle n'interviendrait qu'après la bagarre. Pour compter les cadavres... et enregistrer officiellement la mort de Bolan. Ce qui arrangerait tout le monde. Car, dans les polices locales des villes que l'Exécuteur avait mises à feu et à sang depuis le début de son implacable croisade, il ne s'était pas fait que des amis. Il vérifia également le chargement des lance-grenades de portières. Des engins pouvant respectivement éjecter dix charges successives, grâce au système très fiable mis au point par les ingénieurs qui avaient conçu le char de guerre. Cela faisait en tout vingt grenades à fragmentation qui, d'une simple manœuvre, pouvaient aller semer le carnage autour du *van*. Pour le reste, il pourrait toujours faire appel à l'artillerie légère en cas de besoin. Autour de lui, les dix véhicules visibles n'avaient toujours pas bougé. On aurait dit que les *amici* espéraient hypnotiser Bolan par phares interposés. Tout était maintenant d'un calme glacé. Un de ceux qui préfigurent les grandes tempêtes. L'œil du cyclone. Et ce fut ce moment de tension latente que choisit le radiotéléphone pour se manifester. Son « bip » résonna dans le silence de la cabine, alors que Bolan déverrouillait les sécurités de tir dissimulées dans la boîte à gants. Fronçant les sourcils, il décrocha le combiné de cabine, bascula la communication. Dans l'appareil, la voix essoufflée de Phil Necker s'éleva :

— *Dakota ?*
— Ouais. Fais vite.
— *Je t'appelle de l'extérieur.*

Ce qui signifiait que Necker usait d'un téléphone normal et qu'ils ne pourraient brouiller la communication. Il y avait de l'urgence dans l'air.

— O.K., fit Bolan. Qu'est-ce que tu veux ?
— *Te dire qu'il y a le feu.*

L'Exécuteur faillit sourire du doux euphémisme. Mais l'ambiance n'était pas à la plaisanterie. Il demanda :

— A propos de quoi ?

— *Ta cible a pris des dispositions. J'ai trouvé la trace d'une cinquantaine d'éléments perturbateurs.*
— Et alors ?
— *Le vieux leader, tu vois qui je veux dire ?*
Bolan voyait. Carnero.
— O.K. Vas-y.
— *Le vieux leader a eu l'idée de te faire sortir du bois pour te faire entrer dans la bergerie.*
— D'où la présence des cinquante perturbateurs dans ladite bergerie ?
— *C'est ça. Ils t'attendront tous là-bas. J'ai bien dit tous, les éléments du vieux leader et de ta cible réunis. Une fête grandiose, avec feux d'artifices géants.*
— Je vois, sourit Bolan. Comment le vieux leader compte-il me décider à sortir du bois ?
— *En te foutant en rogne. J'ignore encore le mode opérationnel de la combine, mais si tu parviens à leur fausser compagnie, ils savent que tu iras au feu d'artifice de la bergerie. L'information émane du vieux leader en personne.*

L'Exécuteur jeta un regard en direction des véhicules toujours immobiles, tandis qu'une lueur glacée passait dans ses prunelles. Tranquille, il lança dans le combiné :

— Ne cherche plus, vieux. L'opération, c'est pour ce soir. Elle vient de commencer. Pas le temps de t'en dire plus, mais merci du tuyau. Je vais... attends une minute !

Il venait d'apercevoir deux phares supplémentaires. Le véhicule roulait dans les docks, louvoyant entre les wagons, s'approchant de la zone où le « piège » s'était refermé sur le *van*. Il progressait plutôt lentement, comme si ses occupants avaient pris des précautions particulières. Quand il arriva dans la région éclairée par les nombreux phares,

l'Exécuteur vit qu'il s'agissait d'un petit camion bâché.
— *Dakota!*
Necker s'impatientait. Il devait aussi s'inquiéter. Bolan lui raconta ce qui se passait et le fédéral s'alarma :
— *Décroche, bon Dieu! Ça va être ta fête. J'ignore ce que le vieux a manigancé, mais il faut s'en méfier. Il est bien plus malin que ta cible. Dans les hautes sphères, on dit qu'il a monté un coup en solo pour tirer la couverture à lui. Si ça rate, il te désigne ta cible du doigt et fait d'une pierre deux coups. Dis-toi bien que si tu sors de ce merdier, tu ne te tireras pas du grand baroud. A moins que tu laisses tout tomber.*
— Le feu d'artifice, hein ?
— *Affirmatif. Dans tous les cas, t'es cuit.*
Bolan plissait les yeux pour tenter de mieux voir ce qui se passait dehors. Il souffla dans l'appareil :
— Alors, prie pour moi, vieux. Merci encore et à bientôt. Je vais être très occupé. Appelle Jack, qu'il se tienne prêt.
— *Eh! Att...*
Mais l'Exécuteur avait déjà coupé la communication. Du groupe de voitures noires avaient jailli deux ombres qui s'étaient précipitées à l'arrière de la camionnette. Il y eut un temps d'attente durant lequel rien ne bougea dans l'angle de vision de Bolan, puis, quelque chose d'insolite se passa. Y compris ceux du camion, tous les phares s'éteignirent en même temps. Il ne restait plus que ceux du char de guerre. Les *amici* étaient en train de préparer une drôle de vacherie. Mais avant de foncer dans le tas, l'Exécuteur voulait savoir. Il éteignit également ses phares, laissa s'écouler trois ou quatre secondes, tandis qu'il passait dans le

module opérationnel. Là, il pianota sur le clavier de mise en service de surveillance vidéo, brancha le système optique à infrarouges et commença à balayer le décor dans un mouvement tournant de caméra. Il vit le camion manœuvrer rapidement, présenter enfin son arrière vers l'avant du char de guerre. Dans l'obscurité, deux *mafiosi* suivaient la manœuvre, à pied. Soudain, ils attrapèrent les bords de la bâche arrière, la soulevèrent, dévoilant l'intérieur du camion.

L'Exécuteur comprit alors que les choses devenaient sérieuses. Incroyable ! Il venait de reconnaître la forme caractéristique du petit canon antichar allemand PAK 35/36 de 37 mm. L'estomac de Bolan se contracta une seconde. Malgré son tube extrêmement court de 1,308 seulement, ses obus, grâce à leur vitesse initiale de 760 m/s pouvaient perforer un blindage de 38 mm d'épaisseur à un peu plus de 300 mètres. Or, le camion ne devait pas se trouver à plus de soixante mètres du char de guerre. Cette fois, le blindage de celui-ci n'y résisterait pas. Instinctivement, Bolan avait déclenché l'élévateur de la tourelle de toit. Il fallait faire vite. Derrière le petit tablier du canon, le servant était déjà en place. Heureusement, déconcerté par l'extinction des feux du *van*, il n'y voyait plus rien. Bolan le voyait hurler sans entendre ce qu'il disait. Sans doute réclamait-il de la lumière. Sur le petit écran de visée du module, l'Exécuteur opérait rapidement sa visée. A cet instant, son regard fut attiré par un mouvement d'ombres sur l'écran vidéo. Jusqu'alors dissimulé dans un angle mort, un *mafioso* venait d'entrer dans son champ de vision. En deux bonds, il fut contre le char de guerre. Bolan ne pouvait plus le voir, et encore moins lui tirer dessus. Tout allait maintenant à une vitesse vertigineuse. Le nez du petit canon se redressait dangereusement. L'urgence se dessinait. Guettant d'une oreille attentive le moindre choc éventuel contre la carrosserie, l'Exécuteur fixa le micro-point rouge de visée sur la sortie de tube du P.A.K., croisa le regard inquiet du servant qui se penchait derrière sa mire, et actionna la mise à feu de la tourelle. Juste une fraction de seconde avant, il avait parfaitement perçu le petit choc sourd sous la caisse du *van*. Le seul endroit vulnérable. Il sentit le danger, mais, dans le même temps, l'écran vidéo s'éclaira d'une brutale lueur orangée et, là-bas, le camion, le canon, le servant et les deux *mafiosi* se volatilisèrent dans un déchaînement de feu. Cela fit un énorme éclair, suivi d'un éclatement formidable d'acier déchiqueté, puis tout s'embrasa autour de ce qui avait été un camion. Une roue en feu monta très haut dans le ciel, décrivant l'arabesque folle d'un soleil mécanique éphémère. Elle retomba au milieu du troupeau des voitures noires, fauchant au passage le *mafioso* qui s'éloignait du *van* et que l'explosion avait déséquilibré. Le pneu en feu lui percuta le visage de plein fouet, laissant au passage une épaisse couche de caoutchouc en fusion collé à sa peau et à ses cheveux. Alors, malgré le blindage du *van* et le grondement du brasier, l'Exécuteur entendit nettement le hurlement du *mafioso*. Un cri aigu, horrible, qui transportait la souffrance absolue. Toute sa tête était maintenant en flammes et l'homme courait dans tous les sens, hurlant sans discontinuer. Au même moment, des tirs d'armes automatiques se déchaînèrent convulsivement. La carrosserie du char de guerre fut criblée d'une averse de balles. Cela faisait un bruit d'enfer. Bolan voyait les éclairs fulgurer aux portières des voitures noires. Un tir de barrage complètement inutile, mais sans doute déclenché par la panique de l'adversaire.

A moins que...

L'Exécuteur se souvint du choc entendu un instant plus tôt sous la caisse du char de guerre. L'évidence le frappa alors comme une gifle. Ça n'était pas la peur qui faisait maintenant vider les chargeurs à ceux d'en face. Ils effectuaient tout simplement un tir de couverture. Pour empêcher Bolan de quitter sa forteresse. Il « revit » le *mafioso* courir vers le mobil-home, comprit pourquoi tous les phares s'étaient éteints. Le salaud qui brûlait à présent était venu faire quelque chose sous la caisse blindée. Il était venu y apporter un objet.

Une mine ! Ça ne pouvait être qu'une bombe ou une mine ! Bolan était en danger de mort. Dans quelques secondes, tout exploserait et il serait réduit en charpie. *Big-Rock* allait réussir là où tous les *amici* avaient jusqu'alors échoué. Tout allait désormais de plus en plus vite. Les secondes s'égrenaient à une vitesse folle. Et, sous le char de guerre, le temps décomptait ce qui restait encore de vie à Bolan. Dehors, tout n'était plus que folie. Des dix voitures aux phares toujours éteints jaillissaient des centaines d'ogives hurlantes. Le char de guerre frémissait sur ses roues renforcées. Bolan était coincé. Il devait impérativement tenter une sortie.

Un petit sourire sans joie erra fugitivement sur les lèvres de l'Exécuteur. Tout en espérant qu'il ne bougerait pas, les *amici* l'attendaient à l'extérieur. Ils savaient que le *van* ne résisterait pas à une forte charge explosive judicieusement placée. Or, à part les tanks, tous les engins blindés souffraient du même point faible. Le dessous de caisse. C'est pourquoi ils avaient envoyé un kamikaze sous le char de guerre. Et Bolan avait une idée très précise du genre de cadeau qu'on venait de lui faire. Ce fut pourquoi il délaissa aussitôt les commandes de tir de la tourelle de toit. Si son idée était bonne, en cas de tir, son compte était réglé.

Les autres ignoraient un petit détail. Il fallait seulement faire vite. Très vite !

Bolan accrocha quelques grenades à sa ceinture de combinaison, s'équipa d'une lampe torche et passa dans l'étroit couloir qui donnait accès à la chambre-cabine, puis souleva un bout de moquette, découvrant un rectangle serti d'acier brossé. La trappe de sécurité. En son milieu, un anneau encastré. D'un doigt, il le souleva, le tourna à 90° et tira le tout à lui. Une portion d'alphalte noir apparut en dessous, parfois brièvement éclairée par les lueurs d'incendie. Autour du *van*, la mitraillade se poursuivait à un rythme forcené. Heureusement, tout autour de la carrosserie, des « tombées » protégeaient le dessous de la caisse. Quant aux pneus, fabriqués en maille d'acier et recouverts d'un revêtement spécial, ils étaient à l'abri des perforations. Sur eux, les projectiles classiques ricochaient comme sur un gilet pare-balles. Bolan songeait à tout cela en se penchant par l'ouverture. Tête en bas, une partie du buste engagée, il scruta le dessous de caisse en donnant de brefs coups de lampe. Sous lui, les projectiles piaulaient sur le ciment. L'un d'eux frappa le tablier blindé, frôla sa joue avant de s'écraser sur l'axe d'une roue arrière. Bolan étouffa un juron. Même en cours de ricochet, une .45 A.C.P. de Thomson demeurait très dangereuse. Il tourna les yeux vers l'avant du véhicule, sentit un petit nerf se nouer dans sa nuque. Ce qu'il avait imaginé se vérifiait. A vingt centimètres de sa tête.

Une mine magnétique. Une mine à contacts souples. Le pire des mécanismes de mort.

Les lamelles frémissaient tout doucement. Entre elle et le contact du détonateur, il n'y avait que deux millimètres à peine. Un mécanisme plus dangereux que les crochets à venin d'un crotale. Il suffisait d'une vibration un peu plus forte du char de guerre pour provoquer l'explosion. Avec les charges d'explosifs de toutes sortes entreposées dans le mobil-home, ce serait un grandiose feu d'artifice. Il ne resterait rien de l'Exécuteur. Il n'y avait donc que deux solutions : risquer le décrochage en faisant démarrer le *van* ou l'abandonner en essayant de passer à travers le rideau de balles de l'ennemi. Deux solutions également suicidaires. Bien qu'étant l'homme des décisions rapides, Bolan prit le temps d'étudier les risques d'une troisième possibilité. Extrêmement risquée. Il connaissait ce type de mine magnétique. Des engins similaires, mais dépourvus de détonateur à lamelle, servaient dans les corps des commandos de marine. Les hommes-grenouilles les posaient sur la coque des navires ennemis, sous la ligne de flottaison. Une minuterie se chargeait d'établir le contact en temps voulu. Ce soir, les *amici* avaient fait preuve d'originalité. Le « gadget » à lamelles en faisait foi. En tentant la troisième solution, l'Exécuteur savait qu'il avait une chance sur deux de s'en tirer, mais il n'avait pas le choix. Il avait attiré le cortège des voitures noires jusqu'ici pour pouvoir les anéantir sans risques de tuer des innocents ; il devait mener son travail à son terme... ou y laisser sa peau.

Ce qui pouvait très bien arriver dans quelques secondes.

Si le mince fil rouge qui reliait le boîtier de commande à la lame souple était « piégé » par un relais annexe, le fait de le couper ferait tout sauter. Pourtant, Bolan allait s'y hasarder. D'un rétablissement souple, il remonta dans l'habitacle, alla décrocher une pince coupante au ratelier d'outils du module et revint se pencher dans l'orifice de la trappe. Dehors, les autres canardaient toujours comme des fous. A croire qu'il n'y avait plus un flic dans la ville... ou qu'ils avaient reçu des instructions précises. Mais Bolan ne s'occupait pas de ça. Lampe dans une main, cuisses écartées au-dessus de la trappe pour lui éviter la chute, il avançait la petite mâchoire tranchante de la pince vers le fil. Lorsque la spirale rouge fut prisonnière de l'outil, il inspira profondément et serra les doigts d'un coup sec.

Il y eut un éclair formidable et une explosion sembla ravager la terre entière.

CHAPITRE XVI

Des éclats, des débris volaient en tous sens. Un morceau de chair sanglante vint s'écraser sur l'asphalte. Un lambeau de cuisse, avec son bout d'os blanchâtre fiché dedans. Le temps était suspendu et le vacarme de la déflagration roulait encore dans la nuit. Une nuit devenue rouge de sang et de lueurs d'incendies. Quelque part, une cloche stupide lancinait son glas répercuté en échos et, par-dessus tout cela, quelques tirs sporadiques d'armes automatiques donnaient leur concert indécis. Une fumée noire, nauséabonde, enroulait ses volutes grasses autour d'une immense roue de monstre mécanique.

Et cette cloche qui n'en finissait pas de pleurer la mort! Et cette roue trop grande que la fumée épaisse étouffait de son enfer! Le néant était triste, infiniment pesant. Des entrailles éclatées de la terre montaient les remugles écœurants des chairs brûlées des *mafiosi*. Le cœur de la planète n'était plus qu'un immense fourneau, un ventre incandescent où, vaincu à jamais, le Mal se consumait.

Bolan aurait dû être heureux. Il aurait dû apprécier cette mort qui lui montrait enfin la hideuse pieuvre réduite en cendres. Mais il y avait cette cloche, cette roue trop grosse que la fumée semblait vouloir noyer. Et ces odeurs macabres qui lui soulevaient le cœur! La cloche sonnait sous son crâne. Et cette odeur venait surtout de l'asphalte gluant qu'il respirait de près. Il était tombé. En levant les yeux, il voyait l'étrange spectacle d'un incendie aux flammes fusant à l'envers. Il lui fallut cligner des paupières, réaliser pleinement qu'il était encore vivant pour tout comprendre. Alors, les vieux instincts reprenant le dessus, il se renversa sur le côté. Les flammes montèrent enfin vers le ciel et les cloches sonnèrent moins fort dans sa tête. Tout redevenait normal. Ou presque. Là-bas, une des grosses Cad' noires s'était volatilisée. Ne restaient au sol luisant d'huile incendiée que quelques morceaux de ferraille tordue, dont une grosse jante, bien trop importante pour être celle d'une berline. C'était celle du camion. Celle qui avait enflammé la tête du *mafioso* un peu plus tôt. Toujours en feu, elle avait dû achever sa course folle sous le réservoir de la voiture disparue. D'où l'infernale explosion.

L'Exécuteur leva encore les yeux pour vérifier que son raisonnement se tenait. Toujours « collée » au bas de caisse, la bombe semblait le narguer de son fil rouge coupé et oscillant. Il y eut encore quelques tirs de P.M. et l'Exécuteur reporta son attention vers le groupe des voitures encore entières. Des appels crevaient le rideau de flammes, des phares commençaient à se rallumer. Alors, l'urgence de la situation fulgura dans l'esprit du guerrier solitaire. Il n'avait encore rien accompli de son véritable *Blitz*. D'un brusque rétablissement, il s'assit en tailleur et grimaça soudain de douleur. Ses reins et sa nuque étaient en charpie. Grognant un juron entre ses dents serrées, il arracha la bombe magnétique du bas de caisse, l'examina brièvement. Privée du détonateur électrique, elle n'exploserait plus que sous l'influence d'un choc très important. Il décrocha les grenades de sa ceinture, estima que le tout devrait faire l'affaire. Il allait renvoyer le matériel à l'expéditeur. Se pliant en avant, il localisa le groupe de voitures le plus compact, empoigna la bombe et la balança violemment. L'engin roula lourdement, à la manière d'un palet de *curling* qui aurait refusé de glisser sur la glace, alla s'encastrer sous une des Cad', s'arrêta contre l'intérieur d'une roue. Alors, très vite, tandis que les tirs de P.M. se déchaînaient de nouveau, il dégoupilla la première grenade, l'expédia dans la même direction, avant d'opérer de même avec les trois autres. Puis, d'un élan furieux, il se propulsa dans l'ouverture de la trappe, se reçut sur la moquette au moment où, dans un bref et puissant chapelet sonore, les grenades explosaient à l'extérieur... entraînant un vacarme dantesque qui secoua le char de guerre jusque dans ses structures. Encore étourdi, s'essuyant le front d'un revers de main et ignorant le sang qui en coulait, l'Exécuteur pénétra dans le module opérationnel, regard rivé à l'écran de contrôle vidéo. Un rictus dur lui éclaira le visage.

Il ne s'était pas trompé. Les grenades avaient fait sauter la mine magnétique. Maintenant, à la place des quatre voitures massées à l'entrée de la zone de combat, il n'y avait presque plus rien. Rien d'autre qu'un immense brasier dont les flammes rouge sombre jetaient sur le décor des lumières d'opéra sanglant. Au fond, près du mur de containers, les cinq véhicules restants avaient rallumé leurs phares. Dans un mouvement circulaire précipité, elles tentaient une sortie en direction de la « passe ». Mais celle-ci était maintenant bouchée par les carcasses flamboyantes et tout repli passait par le franchissement du gigantesque brasier. C'eût été du suicide. Comme c'en eût été un de rester sur place. Une lueur sinistre passa dans les yeux glacés de l'Exécuteur. Il fallait en finir. Il se tourna vers la console de commande des rampes de missiles, pianota sans hâte le clavier lumineux et déplaça méthodiquement le point rouge sur l'écran verdâtre. Les silhouettes grises des voitures piégées bougeaient de manière désordonnée. Quelques silhouettes s'en échappaient en courant. Mais il leur aurait également fallu franchir le « mur » des empilements de containers. Impossible pour les voitures, impossible pour les hommes. Déjà, Bolan avait fixé le petit point rouge sur le centre du groupe de voitures. Il vérifia ses paramètres, enfonça la touche de mise à feu.

Le premier missile incendiaire coupa la nuit de son trait de feu, fondit sur ses proies à la manière d'un épervier démoniaque. Il y eut une incroyable déflagration, aussitôt suivie d'une vague déferlante de flammes dévastatrices qui balaya tout sur son passage. Sous l'onde de choc, carcasses mécaniques et *mafiosi* fuyards furent catapultés contre la paroi d'acier des containers disloqués. Une tête d'homme, sectionnée au milieu du cou, vola au-dessus des flammes, vint éclater contre un montant de portière du char de guerre. Bolan vit nettement une jambe nue s'élever dans une arabesque de grotesque ballerine, avant de retomber, molle et flasque, dans une mare de sang noir. Pour faire bonne mesure, il déclencha les deux catapultes latérales des lance-grenades. Une pluie d'engins de mort retomba devant les deux derniers véhicules encore épargnés par les flammes et qui s'étaient télescopés dans la panique. Il y eut des coups sourds, des éclairs plus vifs, des cris horribles qui arrivèrent jusqu'à l'intérieur du *van*... puis plus rien.

Rien d'autre que le grondement sinistre des incendies rageurs.

L'Exécuteur s'essuya de nouveau le front, coupa le système de mise à feu de la tourelle, rentra les rampes dans leur logement et mit les circuits en position *stand-bye* avant de passer dans la cabine de pilotage. Grâce au rétroviseur, il nota une large coupure à la lisière de son cuir chevelu ; mais, peu profonde, elle ne saignait presque plus. En revanche, il sentait sous ses doigts la peau de ses reins arrachée en plusieurs endroits. Rien de méchant. Surtout en regard de ce qui avait failli se passer. Il ralluma ses phares, enclencha la première vitesse. Le char de guerre se mit à rouler doucement en direction du mur de flammes bouchant la sortie du cul-de-sac. Contrairement aux voitures des *amici*, il passerait sans difficulté. Il suffisait de bousculer un peu l'amas de ferrailles tordues et d'écraser un peu de ces cadavres dont les graisses alimentaient l'énorme brasier. Mais, au moment de franchir l'obstacle, le regard de l'Exécuteur accrocha un détail insolite. Et horrible. Là, gisant à moitié dans une mare de feu, un *mafioso* bougeait encore un bras suppliant. De son complet sombre, il ne restait que des lambeaux bordés de flammèches et son visage levé dans le pinceau vif des phares semblait modelé dans de la cire noire et coulante. L'homme était encore vivant ! Seul survivant de l'enfer, il semblait appeler au secours celui-là même qu'il avait cherché à tuer et qui avait décimé ses frères de crimes. Dans la face dévastée, les yeux étrangement lumineux étaient dilatés par l'horreur et la souffrance. Bolan ressentit un désagréable picotement dans la poitrine. Parfois, l'aspect hideux de sa guerre lui apparaissait pleinement. Il en ressentait une sorte d'agression contre lui-même, une amertume infinie envers cette humanité misérable dont il faisait partie. Il serra les dents, arrêta le char de guerre et, AutoMag en main, sauta à terre. Immédiatement, l'insupportable chaleur et l'épouvantable odeur de crématoire faillirent le faire reculer. Il avança pourtant d'un pas, plongea son regard dans les yeux mourants du brûlé. Celui-ci bougea encore son bras libre, ouvrit la bouche dans un chuintement lugubre qui arriva à peine aux oreilles de l'Exécuteur.

— Finis-moi, Bolan... Largue-moi un pruneau, enfant de pute. Me laisse pas comme ça...

Bolan leva le redoutable AutoMag, visa un point entre les yeux dilatés du moribond. De sa voix grave que la hideur des événements rendait un peu rauque, il déclara par-dessus les craquements et les ronflements :

— *Big-Rock* vous a tous foutus dans un sacré merdier.

L'autre parut vouloir s'extraire des tôles tordues qui l'écrasaient, y renonça, s'écroula, face levée vers le ciel rouge. Il parvint encore à éructer dans un râle de crucifié :

— Pas... *Big-Rock*. C'est... c'est Carnero.

C'était donc ça ! Bolan hocha doucement la tête, son index enfonça la détente du gros automatique. L'arme tressauta dans sa main et, au milieu du front ravagé du tueur, une énorme étoile rouge explosa en bouillonnant. Une étoile de mort qui pleurait tout son sang. Tout l'arrière du crâne se disloqua, disparut dans le brasier.

Sans un regard pour le théâtre des massacres, Bolan remonta dans le char de guerre. Au loin, s'annonçaient enfin les premières sirènes de police.

CHAPITRE XVII

Mack Bolan se sentait parfaitement serein. Depuis son arrivée dans ce quartier périphérique de Royal Oak aux rues toujours aussi calmes, le nœud qui s'était formé dans sa poitrine à la suite de ces visions de cauchemar avait enfin disparu. Il avait garé le mobil-home dans Summer Street, le temps de recharger toutes les armes dont il aurait sans doute besoin pour poursuivre sa nuit rouge. Dans un premier temps, à son arrivée à Detroit, il avait songé à appliquer un plan d'hostilité progressif, un rythme d'opérations allant crescendo, jusqu'au *Blitz* final qui se serait achevé dans une apothéose de feu et de sang. Histoire de faire mariner *Big-Rock* dans son jus. Mais, compte tenu des informations conjuguées de Necker et du Cubain, compte tenu également de ce qu'il venait d'apprendre par la bouche du brûlé moribond, il n'était plus question de finasser. Demeurer en ville plus longtemps comportait un risque qu'il ne pouvait se permettre de prendre. Il n'aurait plus manqué que la police locale s'en mêle. Avec une ordure comme *Big-Rock*, tout était à prévoir. Et puis, il y avait cette cinquantaine de Cubains actuellement pris en main par les spécialistes de la *Commissione*. Cinquante types armés et suffisamment motivés constituaient un danger non négligeable. L'Exécuteur n'avait pas l'intention de se frotter à toute l'armée de Castro. Le char de guerre n'y suffirait pas.

Alors, ce serait cette nuit.

Bolan acheva d'armer les lance-grenades des portières, vérifia que les chargeurs doubles de l'Uzi étaient bien assemblés tête-bêche. Pour les missiles, les derniers contrôles avaient été opérés par l'ordinateur de bord. Encore une petite chose à faire et il allait pouvoir rendre sa première visite de politesse. Il tapota le clavier de son radio-téléphone, patienta quelques secondes, avant qu'une voix ensommeillée ne se fasse entendre :

— Oui ?
— Stricker, annonça Bolan.
— Ouais ! rugit Jack Grimaldi. Qu'est-ce que tu glandes ? Des heures que j'attends. Depuis que New York m'a appelé, je suis sur le pied de guerre.
— O.K. Tu peux préparer tes outils. Tu as toujours ce qu'il faut ?
— L'engin n'attend que moi, assura le pilote.

Bolan réfléchit.

— T'es sûr de ton copain ?
— Sûr ! s'étrangla Grimaldi. Tu rigoles, ou quoi ? Si ce genre de mec me faisait faux bond, je lui couperais les...
— O.K., O.K., interrompit Bolan en souriant. Tu sais très bien que la violence n'a jamais rien résolu.

Au bout du fil, Jack Grimaldi faillit s'étouffer. Mais Bolan calculait le temps qu'il faudrait au pilote pour se rendre à l'International Detroit Airport pour prendre possession du vieux Kawasaki B.K., prêté par un de ses éternels copains. Un expert en manœuvres délicates dans le Génie civil. Encore un ancien du Viêt-nam. Il regarda la montre de bord ; il était deux heures vingt.

— Eh ! s'énerva Grimaldi. Tu es toujours là ?
— Je réfléchissais. Bon, sur place, tu attends mon feu vert. Pas sûr que tu sois dans le coup.
— Quoi ? Dis donc, si tu t'imagines que je vais faire de la figuration...
— Tu as pu réunir *tout* le matériel ?
— Affirmatif.
— Tu te souviens de notre point de contact ?
— Va te faire...
— O.K. Si tout va bien, je t'appellerai de chez ton mécano. J'espère que c'est prêt aussi, là-bas.
— Tu sais que tu commences à me les briser, Stricker ?
— Je m'en doutais un peu, sourit Bolan. *Bye*.

Il allait couper la communication, quand le pilote intervint, anxieux :

— Eh ! dis... c'est vraiment pour cette nuit ?
— Ça se pourrait, hasarda l'Exécuteur. Sois prêt et attends.
— Tu parles ! renvoya Grimaldi. T'as pas intérêt à m'oublier, mec.

Bolan souriait encore quand il mit le contact et passa la vitesse. Si tout se déroulait comme il le souhaitait, cette nuit serait une des plus meurtrières qu'il n'eût jamais déclenchées. La mafia et la ville de Detroit s'en souviendraient longtemps.

Le char de guerre prit de la vitesse, tourna à droite. Tout au fond, dans la tache éblouissante des phares, se dressaient les hautes grilles fermées. Il ne restait plus que trois cents mètres à couvrir. L'Exécuteur passa en troisième, poussa le curseur du tableau de bord qui commandait la manœuvre du triple pare-chocs-rail. Un dispositif qui ne servait qu'en pareille circonstance. Trois poutrelles d'acier qui pouvaient se décoller de l'avant du *van*, et devant lesquelles aucun mur normal ne pouvait résister. Maintenant, le char de guerre roulait à tombeau ouvert, défilant entre les murs d'enceinte des propriétés. Devant, la double grille grandissait à une vitesse folle. Si des *mafiosi* se trouvaient en faction derrière, ils seraient broyés par les lourds panneaux d'acier, réduits en bouillie par la charge démente. D'un simple geste, Bolan fit sauter les sécurités des lance-grenades de portières, s'assura du bouclage des larges sangles qui l'arrimaient au siège, appuya à fond sur l'accélérateur.

Les imposantes grilles n'étaient plus qu'à vingt mètres... dix... cinq...

Le choc fut d'une telle violence que l'Exécuteur sentit la ceinture lui entrer dans le corps. Il eut l'impression que ses os cassaient, eut le temps d'apercevoir un bras tendu, juste devant le nez du *van*. Un P.M. percuta le pare-brise et fut éjecté au loin. Tout se passa ensuite très vite. Des ombres surgirent de tous les coins du parc, des éclairs fusèrent de toutes parts, des projectiles de tous calibres cinglèrent les *triplex* des glaces. Une voiture de couleur claire survint subitement sur la droite, tentant de couper l'assaut du char de guerre. Sous l'impact, elle tournoya comme une toupie folle avant d'aller s'enrouler autour du tronc massif d'un cèdre séculaire. Une gerbe de flammes gicla vers le ciel, aussitôt suivie d'une sourde déflagration. Un *mafioso* parvint à s'extraire par miracle de la tôle massacrée. Trop tard. L'aile droite du monstre d'acier le happa, le jeta à terre. Quand la roue blindée lui broya le thorax, cela fit un bruit mou, étrangement audible à travers le grondement du moteur. Mais Bolan n'écoutait pas. Son objectif principal était cette austère maison de briques rouge sombre, dans laquelle se terrait le vieux Carnero. Autour du *van*, d'autres silhouettes se précipitaient, des armes crachaient hargneusement en continu. De manière si désordonnée qu'une rafale cisailla le buste d'un *mafioso* au moment où il allait sauter sur le marchepied pour abattre la crosse de sa Thomson contre la vitre de portière. La bouche de l'imprudent s'ouvrit démesurément. Il vomit instantanément un flot de sang, s'agrippa encore une seconde, avant de s'écrouler en arrière et de disparaître dans la nuit. Bolan libéra les sécurités des lance-grenades, puis déclencha les éjecteurs. Les engins de mort se dispersèrent, il y eut une série d'explosions et des silhouettes gesticulantes s'écroulèrent un peu partout, hachées par les éclats meurtriers. Un type encore valide tenta un baroud d'honneur. Ensanglanté, mais apparemment intact, il brandissait un lourd fusil-mitrailleur Bren de 7,62 à chargeur vertical supérieur de trente cartouches. Tout en courant au-devant du mobil-home, il lâcha une courte rafale qui vint s'écraser contre les parois blindées, sans autre effet que d'écailler la peinture déjà constellée d'impacts. Bolan donna un coup de volant, percuta le kamikaze au moment où il arrosait une seconde fois. Puis Bolan fit reculer le *van*, effectua un demi-tour et aperçut un *mafioso* couvert de sang qui se tordait à terre en hurlant. C'était apparemment le dernier soldat de la place. Il freina, baissa sa glace de portière, braqua le canon de l'AutoMag et tira. Le blessé eut un sursaut violent, retomba, inerte.

Il ne restait plus que le locataire des lieux... en admettant qu'il fût bien là.

D'un coup de volant, l'Exécuteur plaça le char de guerre contre la première marche du perron, verrouilla toutes les sécurités et jaillit à l'air libre, AutoMag dans une main, mini-Uzi sous le bras droit. Des grenades à fragmentation étaient accrochées à sa ceinture. Il en dégoupilla une, donna un furieux coup de pied dans la porte d'entrée dont il venait d'arroser la serrure d'une courte rafale. Le battant cogna contre un mur, tandis que l'Exécuteur se rabattait de côté. Il balança la grenade dans l'ouverture à peine éclairée par une seule lampe, puis se boucha les oreilles. Sous l'explosion, un nuage de fumée jaillit du hall. Il y pénétra en trombe, lâchant une autre giclée de 9 mm Parabellum. Au fond du hall : un escalier en bois. Il se rua à l'assaut de l'étage, distribuant devant lui une rafale de couverture. Du plâtre vola en poussière, des éclats de bois jaillirent, du verre se brisa quelque part. Il arriva sur un palier, envoya une seconde grenade dans un couloir, plongea à la suite de l'explosion. A travers la fumée, il entendit des râles, vit à temps une ombre se dresser devant lui, P.M. au poing. Le gros AutoMag tonna deux fois. Le *mafioso* cria quelque chose d'incompréhensible avant de s'écrouler contre le rebord d'une fenêtre. A cet instant, la porte du fond s'ouvrit à la volée, découpant dans la nuit un rectangle de lumière jaune dans lequel un petit homme se tenait immobile. Les sens parfaitement aiguisés, l'Exécuteur nota qu'il n'était pas armé. Il retint son index sur la détente de l'Uzi, arriva sur le petit homme et lui colla le canon de l'Uzi dans le ventre. L'autre gémit, tandis que Bolan glissait un bref regard dans la chambre. Le vieux Carnero était bien là. Alité, pâle comme ses draps, enfoui sous un amas de couvertures. Son visage était en sueur et, derrière ses étranges lunettes carrées, ses yeux d'oiseau de proie le fixaient intensément. Sans la moindre trace de peur.

Le petit homme gigotait sous le canon du P.M.

— Je m'appelle Gabriele Todepa, commença-t-il d'une insolite voix grave. Ne le tuez pas. Don... don Carnero est malade.

Bolan allait le pousser à l'intérieur de la pièce, quand l'autre eut un vif sursaut. Les réflexes de l'Exécuteur jouèrent en un dixième de seconde. Il vit la terrible lame de rasoir filer vers son cou, n'eut que le temps d'esquisser un mouvement de retrait. Simultanément, deux choses se passèrent ; il ressentit une très légère griffure au niveau de la gorge et son doigt enfonça la détente de l'Uzi.

Littéralement cloué contre le mur, le *consigliere* du vieux *capo* éructa un dernier son rauque, tandis que sa bouche dilatée par la douleur libérait un flot de sang. Déjà, Bolan était dans la chambre, prêt à faire de nouveaux cartons. Mais c'était inutile. A part Carnero enfoui dans son lit, il n'y avait personne d'autre. Ses mains parcheminées sagement posées sur la courtepointe, regard accroché à celui du guerrier solitaire, il semblait attendre sans crainte la mort qui allait survenir. Tous deux s'observèrent un instant, puis, parfaitement calme, la voix du vieillard s'éleva dans le silence devenu épais.

— Tu as bien fait, Bolan.

Et, comme l'Exécuteur ne saisissait pas, il précisa :

— Pour Gabriele, c'était le mieux à faire. Il est

mort comme il l'a toujours souhaité. En me protégeant.

Nulle trace de tristesse dans le ton de Carnero. Pas même un regard en direction du cadavre répandu sur le plancher. Ses yeux de vieil aigle rusé fixaient toujours le soldat à combinaison noire. Il eut un mouvement de tête, déclara, fataliste :

— Je t'ai toujours imaginé comme ça.

— Tant mieux, rétorqua sèchement Bolan. Ça t'a au moins évité la surprise.

L'autre marqua un rictus de dérision et Bolan enchaîna :

— Je suis venu régler mes comptes, Carnero. Tes *soldati* ont déjà payé.

— Et tu vas me tuer aussi, n'est-ce pas ?

Le ton de Carnero avait subitement changé. Plus trace du moindre respect dans sa voix. D'un coup, il était redevenu le parrain implacable qu'il avait été jusqu'aux dernières années de ses activités. Un *mafioso*, un marchand de misère et de mort. Derrière les lunettes carrées, ses yeux étaient devenus deux traits sombres, desquels filtraient des éclairs fulgurants.

— C'est ça, acquiesça l'Exécuteur. Je vais te descendre.

Ils se défièrent un moment en silence, puis Carnero eut un mouvement péremptoire de la tête.

— D'accord, Bolan. C'est la loi. J'ai joué et j'ai perdu. Mais j'ai le droit de savoir comment tu t'y es pris pour te tirer du piège que je t'avais tendu. Non ?

Doigt sur la détente de l'AutoMag, l'Exécuteur se sentait en totale relaxation mentale. Oui, il pouvait bien accorder quelques secondes de survie au vieux *mafioso*.

— Tes gars s'y sont pris comme des débutants, commenta-t-il. C'est finalement moi qui les ai piégés. Je les ai entraînés à l'endroit exact où je voulais que la bagarre ait lieu.

Il raconta succinctement tous les événements de la soirée, acheva sur deux mots définitifs :

— Tous morts.

Carnero hocha la tête, renifla un coup et pinça ses lèvres déjà trop minces en une moue appréciatrice.

— Si je t'avais eu dans mon équipe, autrefois, tu serais devenu riche. Immensément riche.

— Je n'aime pas l'argent.

— Tu serais devenu le maître d'un empire.

— On n'est jamais le maître de rien. Même pas de sa vie.

Carnero ricana, ce qui fit frémir les lunettes carrées sur son nez aquilin.

— Philosophe, hein ! Dans le fond, t'as raison, t'aurais jamais pu devenir un *boss*. Tu seras jamais qu'un connard de porte-flingue.

Bolan ne se formalisa pas. Il savait depuis longtemps ce que les *amici* pensaient de lui et s'en moquait. Il questionna, abrupt :

— Tu voulais me buter pour prouver à *Big-Rock* que tu étais encore le meilleur, hein ?

Une lueur rusée passa dans les prunelles fixes du *mafioso*.

— Tu y es presque, enfant de salaud. Je dis, presque, parce que t'as oublié quelque chose.

— Ça m'intéresse.

— Simple. J'ai monté ce coup en imaginant deux cas de figure. Soit mes gars te butaient et j'enflais Rosario du même coup, ou bien ils échouaient, ce dont je doutais un peu quand même, et tu n'en laisserais pas un de vivant. Dès lors, tu fonçais chez cet enfoiré de *Big-Rock* et tu te faisais avoir par lui.

— Je ne vois pas l'astuce, sourit sèchement Bolan.

Un petit rire silencieux secoua la maigre carcasse sous les couvertures.

— Toujours très simple. Sur place, j'ai passé des consignes à mon propre petit commando. Dès le début des hostilités, ils étaient chargés de flinguer Rosario et de foutre le camp. Ce sont des coriaces. Ils auraient réussi. D'ailleurs, reprit-il, après une courte réflexion, j'ai quand même gagné. Parce que tu vas y aller, faire ta guerre chez Rosario. Pas vrai ?

— Exact.

— Alors ! Tu vois ! De toute manière, c'est moi qui marque le dernier point, fit Carnero, triomphant en se laissant aller contre l'oreiller.

Il passa les mains sur un pli du drap, les glissa dessous pour mieux arranger le lit.

— J'ai finalement gagné, reprit-il. Là-bas, une armée de Cubains t'attend. Rosario sera buté par mes gars et les autres vont te transformer en purée. Ils ont fait venir deux *Redeye*. Rien que pour toi. Tu vas crever.

— Toi aussi, fit valoir Bolan.

— Oh, moi !

En disant cela, Carnero avait levé les mains sous le drap en un signe d'évidence fataliste. Il eut tort. Depuis le début, Bolan était en alerte. Il avait noté au centième de seconde l'étrange forme des mains cachées par la toile. Des mains bien trop grandes, trop anguleuses. En un éclair il comprit.

Une infime pression de son index fit tonner l'AutoMag. Une seule fois. Carnero sembla partir en arrière dans un grand éclat de rire, bavant et crachant de joie intense. Mais ce qu'il crachait était son propre sang et son rire s'ouvrait surtout au niveau de son crâne. Toute la partie gauche de la boîte crânienne avait disparu. Volatilisée. Sur l'oreiller souillé, un large morceau de cervelle tremblotait mollement. Tout ce qui restait des géniales stratégies de l'ancien parrain était répandu là. Dérisoire, écœurant. Bolan fit trois pas, souleva le drap, découvrit les deux énormes automatiques .45 A.C.P. Colt Gold Cup. Tous deux avaient leur chien relevé. Il s'en était fallu d'une fraction de seconde. Finalement, *don* Carnero était mort de s'être pris jusqu'au bout pour le meilleur.

Bolan laissa retomber le drap, en recouvrit la tête éclatée et quitta la chambre sans autre forme d'oraison funèbre.

Une armée de deux *Redeye* l'attendaient à Mont Clemens, il ne fallait pas les faire attendre.

CHAPITRE XVIII

Le jour n'était pas levé, mais on sentait à l'est, au-dessus du lac Saint-Clair, comme un frémissement de la nuit. Une incertitude ténue qui laissait présager une aube grise. Il faisait presque froid et, bien que la pluie ait cessé depuis un moment, le vent aigre était chargé d'humidité. Hormis le souffle du vent, aucun son ne venait troubler le silence de la petite route. C'était l'heure où les rares automobilistes fatigués empruntaient l'highway pour plus de sécurité. En un quart d'heure, deux voitures seulement étaient passées, ignorant l'aire de stationnement, sur laquelle l'étrange véhicule caparaçonné et bariolé avait élu parking.

Un quart d'heure d'attente, durant lequel le temps n'avait pas arrêté son cours. Pour la quatrième fois, Mack Bolan consulta sa montre-chrono. Il était près de quatre heures trente. A partir de maintenant, Jack Grimaldi commençait à être en retard. Or, depuis l'affaire de San Francisco, l'Exécuteur détestait les contretemps (1). Surtout quand il était question d'un hélico piloté par Jack Gri-

(1) Cf : L'As noir de San Francisco.

maldi. Si l'engin arrivait trop tard, il faudrait remetre le *Blitz* final. Car, de jour, les guetteurs que *Big-Rock* n'avait sans doute pas manqué de poster le long de sa route privée éventeraient le subterfuge imaginé par Bolan. Plus d'effet de surprise, donc, résultat hasardeux. Avec l'éventualité d'une armée de plus de soixante *soldati*, cubains compris et de deux *Redeye* comme soutien logistique de défense, l'Exécuteur risquait ensuite de s'attaquer à bien trop fort pour lui. Sans compter les Chinois de la famille Choo Lien, que *Big-Rock* avait forcément repris à son service. Bien sûr, Bolan n'avait pu apercevoir aucun des guetteurs présumés. Il était encore trop loin de la route privée de *Big-Rock*.

***

— On l'a repéré, *boss* !

L'immense Donato venait de pénétrer en trombe dans le grand salon où Rosario sirotait sans entrain son énième J & B de la nuit. Il commençait à avoir la tête lourde et des élancements douloureux vrillaient sa main bandée. Il leva ses petits yeux cruels sur son *caporegime*, se raidit dans les coussins du profond canapé et aboya :

— Qu'est-ce que tu dis, connard ?

Donato fronça les sourcils. Il commençait à en avoir par-dessus la tête d'être constamment maltraité par *Big-Rock*. Patience et dévouement avaient quand même leurs limites. Pourtant, il répéta plus calmement :

— Sa merde de *van* a été repérée par les Chinetoques à deux miles de l'entrée de l'allée.

Big-Rock avait toujours appelé sa route privée, l'allée. Tout le monde en faisait autant.

— Zien Zong vient d'appeler par talkie-wal...

— Je sais bien que c'est pas par téléphone ! rugit Rosario en reposant violemment son verre de J & B. Dis-leur bien de rien faire. D'ailleurs, ils pourraient rien. Son bahut, on le fera sauter ici.

— Pas sûr qu'il vienne, patron, fit valoir Donato.

Big-Rock le fusilla de son regard assassin et méprisant, grinça :

— Toi, quand je te demanderai de penser, les vaches causeront l'indien. Casse-toi. Et dis aux autres de se tenir prêts. Parce que, le fumier, il est pas là par hasard. Il va venir. Et vous avez tous intérêt à graisser vos flingues.

Donato allait quitter la pièce quand Rosario l'arrêta d'un nouveau rugissement :

— Eh ! n'oublie pas de dire aux *castros* de pas envoyer leurs engins dans la baraque. Qu'ils fassent sauter le bordel du fumier assez loin. Que tous les autres soient prêts. Au cas où l'enfoiré arriverait quand même à s'éjecter avant que ça pète. Maintenant, fous le camp.

Donato aurait bien aimé se faire préciser s'il toucherait quand même la récompense promise si c'étaient les Cubains qui descendaient le fumier. mais il n'eut pas le cœur de le demander. Et il eut raison de s'abstenir. *Big-Rock* venait d'écouter les informations. Il était déjà au courant du massacre de Royal Oak. Il était donc certain que le char de guerre de l'Exécuteur n'était pas dans les environs pour rien. Un rictus de haine passa sur sa face graisseuse lorsqu'il songea à ce qu'il réservait au fumier. S'il aimait la grosse bagarre, Bolan la Pute n'allait pas regretter son déplacement. Il avait eu le vieux con, et c'était tant mieux. Mais, avec lui — *Big-Rock* — et l'armée qu'il avait levée, ç'allait être une autre paire de manches.

Rosario-*Big-Rock* était presque euphorique lorsqu'il se servit une autre rasade de J & B. Le vieux con était crevé, ça s'arrosait.

Zien Zong sentait sa haine monter en lui à la manière d'un raz de marée. Perché dans son grand sapin, talkie-walkie suspendu autour du cou, il haletait de rage. Le mobil-home était là, à moins de cent mètres de sa planque. Avec, à l'intérieur, le fumier qui avait descendu Choo Lien. Le seul homme qu'il ait admiré dans sa chienne de vie. Le seul qui lui ait donné une chance de s'en sortir. Grâce à lui, Zien avait enfin mangé à sa faim, avait pu s'offrir les filles qu'il convoitait depuis si longtemps. Choo Lien avait été son sauveur. Son dieu. Et l'autre ordure l'avait fait sauter avec sa Mercedes !

Mais Zien Zong était impuissant. Tant que le salaud resterait à l'abri de sa caravane blindée, il ne pourrait rien contre lui. Bien sûr, il avait quand même pris sur lui le vieux P.38 qui ne le quittait jamais. Et il savait s'en servir. Mais que pouvait-il contre un engin blindé ? Alors, Zien Zong ne savait que frémir de rage en criblant le monstre d'acier de son regard haineux. Il espérait seulement que l'enfoiré irait bien se jeter dans le piège tendu par *Big-Rock*. Et qu'il y crèverait très, très salement. En attendant, il n'était pas question de le quitter des yeux.

Il le fit pourtant, un instant plus tard, quand un

bruit étrange lui fit lever la tête vers le ciel encore noir. Juché sur sa branche, il dut s'aventurer assez loin du tronc pour apercevoir enfin les lumières de l'appareil. Un hélico! Les flics? Il baissa les yeux, vit une lumière jaillir à l'avant du véhicule blindé qu'il surveillait. Une lampe-torche que le fumier agitait par la glace de portière baissée. Zien Zong sentit ses boyaux se nouer. La haine l'étouffait littéralement. Sa main se referma sur la crosse du P.38.

Tout en agitant sa lampe pour « baliser » sa position, l'Exécuteur consulta sa montre. Quatre heures cinquante-cinq. Vingt-cinq minutes qu'il faudrait rattraper. Tandis que l'hélico de Grimaldi se stabilisait à environ quinze mètres au-dessus du *van*, il se pencha sous le tableau de bord et enfonça la touche d'un étrange appareil fixé au bâti. Une lampe témoin se mit à clignoter. Bolan se redressa, songea un instant à vérifier l'arrimage de la cargaison embarquée à l'arrière, y renonça. Le temps pressait et il l'avait déjà fait chez le mécano-carrossier de Grimaldi. Au-dessus, le Kawasaki faisait un bruit d'enfer.

De dessous son siège, il tira une sorte de baluchon noir, surmonté d'un paquet blanchâtre sur lequel on avait artistement peint des yeux et une bouche. Un mannequin. Il le disposa soigneusement derrière le volant, fixa la courroie qui le maintenait contre le dossier, puis envoya un éclair de lampe vers l'hélico. Il actionna ensuite le démarreur, enclencha la seconde vitesse... sans débrayer. Un peu anxieux malgré les essais opérés devant lui, il guetta les réactions mécaniques. Il n'y en eut aucune. Le moulin continuait à tourner normalement. Là-haut, à la suite de son signal, Grimaldi avait pris les commandes du radioguidage. Désormais, le *van* était sous « dépendance ». Il ne réagirait plus qu'en fonction des ordres transmis de l'hélico. Une pure merveille électronique, mise en œuvre et adaptée au véhicule par les soins de l'ami de Grimaldi. Au Viêt-nam, il avait trafiqué un truc identique pour leurrer les communistes. Résultat : une rapide victoire, un véritable massacre. Plus de cent morts chez l'ennemi. Grâce à trois simples faisceaux d'ultrasons. Un grave pour tourner à gauche, un « neutre » pour rester en ligne, un aigu pour tourner à droite. Il suffisait d'y penser... et de savoir le faire.

D'un autre éclair de lampe vers l'hélico, Bolan fit signe que tout allait bien. Il vit descendre alors un filin au bout duquel était fixé un harnais. Ouvrant la portière côté passager, il se hissa souplement sur le toit du véhicule en évitant soigneusement d'endommager la petite antenne parabolique qui y était fixée. Le relais radio à ultrasons. Il boucla rapidement les sangles du harnais autour de lui, donna le signal et se sentit instantanément arraché vers le ciel. A cet instant, il ressentit un choc dans les côtes, au niveau du cœur, juste à la hauteur du gros AutoMag fixé dans son holster. Il pensa qu'il s'agissait d'une boucle de harnais qui le blessait, ne ressentit la douleur qu'une fraction de seconde plus tard.

**

Zien Zong avait toujours su tirer. Avec son P.38, il n'avait jamais raté sa cible. L'arme et lui-même avaient fini par ne faire plus qu'un. Aussi, malgré la nuit et la distance, était-il certain d'avoir fait mouche. Jubilant sur sa branche, il fut pris d'une véritable frénésie de meurtre. Levant à nouveau le Walther, il se pencha, avança sur la branche en progressant à califourchon. Soudain, alors que son index allait enfoncer la détente, il y eut sous lui un énorme craquement. Déséquilibré, Zien Zong eut le temps de lâcher deux projectiles, mais les 9 mm s'égayèrent dans le ciel. Déjà, Zien Zong se préparait à l'inéluctable chute. D'abord, tout se passa relativement bien, puis, en arrivant au sol, il réalisa en un éclair qu'il avait la tête en bas. Sous son crâne, il y eut une explosion... puis plus rien.

Zien Zong était en train de retrouver son vénéré Choo Lien en enfer.

CHAPITRE XIX

— Qu'est-ce qui se passe Mack ? Ça va ?

La voix inquiète de Grimaldi était hachée par le hurlement du rotor. Bolan se laissa tomber sur le plancher de l'hélico et dégrafa les sangles du harnais. Il avait très mal à la poitrine et sa respiration se faisait difficilement. Dans la lueur verdâtre de la cabine, il se pencha sur le holster et vit que le cuir en était éclaté. Dessous, il y avait l'acier du redoutable AutoMag. Il sortit l'arme de son étui, fronça les sourcils. La culasse comportait la trace d'un impact et était rayée sur deux bons centimètres. Il n'y avait qu'une balle pour faire de tels dégâts sur le cuir et l'acier. Bolan fronça les sourcils, passa songeusement sa main sous la combinaison noire. La zône touchée était fortement tuméfiée, mais pas de sang. Deux certitudes, l'Auto-Mag lui avait probablement sauvé la vie, et *Big-Rock* avait envoyé un comité d'accueil à son intention. Mais un comité bien dérisoire.

Perplexe, alors qu'il tentait de percer la nuit qui s'étalait sous le Kawasaki, il adressa un geste rassurant à son ami.

— Ça va. Passe-moi la radiocommande, cria-t-il en se redressant pour s'asseoir près du pilote.

Grimaldi désigna le boitier noir fixé au tableau de bord par de grosses attaches artisanales et Bolan appuya aussitôt sur un bouton rouge situé en dessous des trois autres. En bas, les phares du *van* s'allumèrent. Bolan pressa le bouton supérieur gauche et vit le lourd véhicule s'ébranler lentement en quittant son aire de parking.

— Whaoh ! s'extasia le pilote en faisant grimper l'hélico en chandelle. Quel mec !

Il pensait à son copain du Viêt-nam et lui balançait moralement des tonnes d'admiration. Mais l'heure n'était pas aux émerveillements. Maintenant lancé sur la petite route toute droite, le faux char de guerre, véritable réplique extérieure du vrai, œuvre du mécano-carrossier et copain de Grimaldi, roulait en direction du nord. Sans conducteur. A son bord, une surprise pour *Big-Rock* et ses petits amis cubains. Il lui restait encore plus d'un mile et demi à couvrir avant de bifurquer sur la route privée de *Big-Rock*. Là, la vraie difficulté commencerait. Il faudrait faire prendre au *van* sa vitesse maximum tout en en conservant le contrôle absolu. A la moindre fausse manœuvre, ce serait la catastrophe. Et l'échec. Il n'y aurait plus une aussi belle occasion de leurrer *Big-Rock*.

Par-dessus le vacarme du rotor, Grimaldi hurla :

— Il est quand même balèze, mon pote, non ?

Tout en surveillant le faux char de guerre qui roulait sous eux, Bolan hocha la tête. Grimaldi avait raison. En quelques jours, avec seulement un mobil-home d'occasion, quelques pots de peinture, de la tôle de « camouflage », des rails de chantier soudés au châssis en guise de bélier, son petit matériel électronique et son génie de la mécanique, le « copain » avait fait des prouesses... pour la somme « amicale » de vingt-cinq très grands formats. Bien sûr, il y avait le bijou électronique et le chargement. Tout cela coûtait les yeux de la tête. Une belle ponction dans le trésor de guerre de l'Exécuteur. Il fallait avoir les moyens de ses ambitions, mais tout le monde ne pouvait pas se vanter d'aller tuer le parrain de Detroit dans sa forteresse.

Bolan pressa un peu plus le bouton rouge, se pencha au-dehors. Sur la route, le *van* accéléra. Emerveillé par ce prodige technique, Grimaldi se pencha à son tour pour mieux voir. Le gros Kawasaki fit un écart et Bolan ramena son ami à son pilotage. La route privée n'était plus très loin. Elle apparut en effet dans une trouée de sapins. A l'est, une lisière rose se formait au-dessus du lac. L'aube allait se lever. Il se pencha encore pour mieux voir le *van*, se figea soudain.

— Merde ! lâcha le pilote au même moment.

Il avait vu aussi. Deux cents mètres derrière le faux char de guerre, une voiture de police survenait en pleine accélération.

— Merde et merde ! répéta Grimaldi en prenant de l'altitude.

Il avait parfaitement résumé la pensée de Bolan. Il avait tout prévu, sauf l'arrivée d'une patrouille de police au plus mauvais moment. Cinq cents mètres à droite devant le *van* s'amorçait la route privée. Et Bolan venait de songer à un détail tout bête. Le radioguidage du véhicule ne comportait pas de clignotant. Or, il allait bien falloir tourner. Et les flics du coin pouvaient aussi bien se montrer pointilleux. S'ils se mettaient en tête d'arrêter le *van* pour un simple contrôle, s'ils faisaient le rapprochement entre les événements passés à Detroit et les témoignages incriminant le *van*, c'était cuit.

Sous l'hélico, la voiture de patrouille aux rampes clignotantes rejoignait inexorablement le *van*. La route privée n'était plus qu'à deux cents mètres. Aux commandes de l'hélico, Grimaldi se contractait à vue d'œil. Il cria :

— On décroche ?

— Pas question, fit Bolan, mâchoires soudées.

En dessous, les flics avaient encore accéléré. La distance les séparant du lourd véhicule n'excédait pas vingt mètres. L'Exécuteur espérait que les fausses plaques du *van* donneraient le change et que les flics se moqueraient des clignotants. Il n'y eut bientôt plus que dix mètres entre les deux véhicules et moins de cent mètres avant l'intersection. Crispé, Bolan commença à lever le pouce du bouton rouge. En bas, le *van* ralentit docilement. Il vit les feux de stop des flics s'allumer, puis s'éteindre, au profit de leur clignotant gauche. La voiture se déporta dans le même sens, dépassa le *van* en accélérant brusquement. Respiration bloquée, l'Exécuteur leva encore le pouce, enfonça le bouton de virage à droite.

Et le *van* tourna. Impeccablement. Il mordit seulement un peu sur l'herbe du talus, reprit son élan, commença à entamer la pente qui, un petit mile plus loin, s'achevait tout droit devant les imposantes grilles de l'immense propriété de *Big-Rock*.

Grimaldi eut un rire nerveux, fit décrire à l'appareil un petit virage serré. Bolan grinça :

— Arrête de faire le con !

Il venait d'enfoncer le bouton rouge jusqu'au bout de sa course. Maintenant, le plus petit écart conduirait le faux char de guerre dans le décor. Il fallait travailler dans la dentelle. Jouant alternativement des boutons gauche et droit, il parvint à faire conserver une course à peu près droite au véhicule tressautant. L'hélico était légèrement redescendu et Bolan ordonna à Grimaldi de remonter au palier maximum qu'il s'était fixé. Ainsi, tout en bas, le *van* ressemblait à un minuscule modèle réduit et son radioguidage en devenait extrêmement délicat, mais il n'était pas question de se faire « allumer » en passant au-dessus de la propriété.

— Ça y est ! cria Grimaldi, doigt tendu.

Bolan avait vu aussi. Les grandes grilles du parc, le mur d'enceinte. Les chevaux de frise restaient évidemment invisibles, mais ils étaient forcément là. Comme l'était également le triple rang de barbelés électrifiés. Au centre du parc encore noyé dans la nuit, ils notèrent quelques fenêtres éclairées dans l'immense villa.

— Fonce ! hurla le pilote. Fonce, bon Dieu !

Bolan ne sut pas si l'encouragement s'adressait à lui ou au *van*, mais il appuya de nouveau sur le bouton rouge. En bas, le faux char de guerre devait atteindre la vitesse d'au moins cent km/h. A cette vitesse et de cette altitude, « viser » la grille relevait presque de la gageure. Si le char s'écrasait contre un pilier du mur, il n'y aurait plus qu'à descendre faire le boulot à sa place.

— Go ! hurla Grimaldi en s'accrochant aux commandes de l'hélico.

Ce fut comme un signal. En bas, le *van* eut un sursaut et franchit en accélérant le petit « plat » qui précédait l'entrée. Puis ce fut le choc contre la grille. Dans la vague lueur de l'aurore, l'Exécuteur ne pouvait évidemment tout voir, mais il aperçut des éclats de mur et de tôles arrachés qui volaient dans tous les sens. Le lourd véhicule sembla se cabrer, hésiter en dérapant, entraînant à sa suite un large morceau de grille qui fut éjecté quelques mètres plus loin. Puis le *van* repartit à l'assaut de la grande allée qui s'ouvrait devant lui. D'un coup, des tas de projecteurs s'allumèrent dans le parc, des faisceaux se concentrèrent sur le gros véhicule. Il y eut des éclairs d'armes automatiques, mais le « leurre » poursuivit sa route. Près de Bolan, Grimaldi exultait.

Quant à l'Exécuteur, il attendait de voir les *Redeye* à l'œuvre.

Antonio Jaro entendit le choc lointain, se cala bien droit sur ses jambes. A Cuba, il avait appris à servir le même type de lance-missiles individuel sol-air. Le pendant soviétique du *Redeye*, en plus performant. L'équivalent du fameux *Stinger* américain. Il était parfaitement calme, savait à quel moment exact il devrait envoyer la « sauce ». Sur son ventre, accrochée à la grosse ceinture d'équipement, la batterie d'alimentation semblait vouloir l'attirer vers le sol. Mais Jaro était un costaud. Pas comme Perez, ce minable qui n'était même pas foutu de tirer correctement au revolver. Sûr que Perez allait tirer trop tôt. Ou trop tard. Mais les ordres de *Big-Rock* avaient été formels. Il y avait deux *Redeye*, on tirerait donc les deux. Excessif, bien sûr ! Deux engins comme ceux-là étaient capables de descendre une escadrille entière de *Mig*. Sûr que ça allait faire des dégâts. Mais, à Miami où il avait échoué à son arrivée aux States, Martinez, son « traitant », lui avait recommandé d'obéir aveuglément aux ordres qu'on lui donnerait. Alors, Jaro exécutait les ordres. Et l'enfoiré de capitaliste qui voulait faire crever de faim les masses laborieuses allait se transformer en fumée. Grâce à lui, Antonio Jaro, syndicaliste et obscure barbouze du renouveau prolétaire.

— Le voilà !

Jaro ne sut pas qui avait crié derrière lui, mais cette mise en garde le galvanisa. Tube de lancement à l'épaule, lunettes spéciales lui couvrant la moitié du visage, il colla son œil au viseur optique, banda son bras gauche sous la poignée de « rampe » et assura la détente sous son index ganté de cuir, prêt à recevoir le choc de départ du missile. Du coin de l'œil, il chercha à localiser Perez et son propre *Redeye*. Il ne les vit pas. Cet imbécile ne connaissait rien à ce genre d'engin. Il était capable d'envoyer le missile n'importe où et de...

— Nom de Dieu !

Pas plus que la première fois, Jaro ne vit qui avait lancé le juron. Mais il comprit pourquoi en voyant, tout au bout de l'interminable allée, surgir le monstre d'acier annoncé. Une charge impressionnante. Tous phares éteints, le bahut fonçait à tombeau ouvert, accrochant les arbustes mal placés au passage, tressautant sur les inégalités du terrain. A ce train, il allait finir sa course dans la baraque. De tous les points du parc, des dizaines de tireurs invisibles canardaient de leurs armes automatiques. Un déluge de plomb et d'acier dans l'univers surréaliste créé par la débauche de lumière livide des projecteurs. Jaro n'avait pas peur. Il était même fier. Il sentait dans son dos les regards de tous les autres. Il fallait respecter l'impératif. Ne tirer les *Redeye* qu'à coup sûr. En effet, le vendeur des engins n'avait pu fournir les systèmes de thermoguidage. Matériel « neutralisé », avait-il précisé. Tu parles ! La charge, elle, ne l'était pas, toujours capable de faire sauter un tank.

— Feu !

Le Cubain sursauta. Perdu dans ses pensées, il avait laissé le bolide d'acier arriver trop près. Celui-ci traversait à présent l'immense esplanade gravillonnée comme une bombe. Désarçonné, Jaro n'y comprenait rien. Ce dingue allait s'écraser sur la baraque ! Sur sa gauche, il vit un éclair aveuglant. Perez venait de lâcher sa charge.

Jaro venait de réaliser le danger d'un coup. Le véhicule fou arrivait trop vite. Il était déjà trop près. Ils allaient exploser avec lui. Ces *Redeye*, c'était une connerie. Un simple bazooka aurait suffi.

Ce fut l'apocalypse.

Bien pire encore que tout ce qu'avait pu imaginer Antonio Jaro. Evidemment, il ne pouvait savoir ce que contenait le *van*.

Grimaldi émit un petit sifflement de stupéfaction. Même à cette altitude, l'onde de choc de l'explosion avait violemment secoué le Kawasaki, au point qu'il craignit un instant de voir les pales du rotor se détacher sous le souffle infernal. En bas, le décor avait paru balayé par un gigantesque typhon. Les grands sapins avaient été arrachés, catapultés vers le ciel, tandis qu'un énorme champignon orange fusait vers les nuages que l'aube colorait d'indigo. Un paysage de désastre atomique. Evidemment, avec cent kilos de dynamite... Un cadeau de Bill Hamer, le perceur de coffres de Brognola.

— On y va ? demanda Grimaldi encore sous l'effet.

Bolan secoua négativement la tête, tout en quittant son siège pour soulever le couvercle d'une caisse. Elle contenait une cinquantaine de grenades à fragmentation. Il se pencha par l'ouverture latérale du treuil, jeta un regard vers le sol. De l'immense villa éclairée par le formidable incendie, une seule aile demeurait à peu près intact. Le reste n'était plus qu'un décor de désolation.

— Stand bye, précisa-t-il.

Comme à regret, le pilote stabilisa l'appareil et l'attente commença. Elle ne fut pas longue. Peu à peu, de minuscules silhouettes apparurent sur la grande esplanade, progressant prudemment, convergeant toutes vers le sauvage brasier qui achevait de dévorer le faux char de guerre. Un incendie s'était également déclaré dans la partie de la villa la plus proche de la carcasse. On voyait les flammes jaillir par les fenêtres, léchant la façade jusqu'au toit. Dans quelques minutes, il n'y aurait plus rien. Bolan inspecta l'aire sinistrée. En tout et pour tout, il ne devait rester de vivant que la vingtaine d'hommes qui se montrait à présent. Pas de nouveaux arrivants. Ce serait vite baclé. Il venait d'apercevoir un groupe qui se précipitait en direction d'une file de voitures garée derrière la villa, du côté des communs. Ceux-là avaient parfaitement saisi la situation.

— Go ! lança l'Exécuteur en tournant son pouce vers le bas.

Grimaldi entama immédiatement une vertigineuse descente en vol glissé, l'avant du cockpit pointé sur l'objectif. Lorsqu'il estima que le Kawasaki était à bonne portée, Bolan commença alors à balancer ses grenades. En quelques secondes, il en avait jeté une dizaine par l'ouverture. En bas, les explosions se suivirent au même rythme infernal. Un véritable massacre. *Mafiosi* et Cubains mélangés s'écroulaient par paquets. Ceux qui étaient arrivés près des voitures levèrent leurs armes. Des giclées de 9 mm cinglèrent la carcasse de l'hélico. L'une d'elles traversa le plancher, passa derrière les reins de Bolan en arrachant un fragment de métal à trois centimètres de la caisse de grenades. Cinq autres engins de mort jaillirent de nouveau du cockpit. Cinquante mètres plus bas, chairs sanglantes et tôles martyrisées se mêlèrent dans un maelström de mort. Déjà, Grimaldi avait changé de cap, revenait au-dessus des fourmis affolées qui s'égayaient sur l'esplanade. Cette fois, Bolan leur servit un véritable déluge. Les gros œufs quadrillés tombaient en pluie continue, explosant au sol, déchiquetant tout. De plus en plus rares, les fuyards étaient harcelés dans leur course par cette grêle d'acier implacable. L'un d'eux, un type déjà couvert de sang, leva les bras au ciel, semblant implorer le gros oiseau mécanique. Il n'avait plus d'arme et restait immobile, attendant, espérant le miracle impossible. Bolan retint son geste au dernier moment. Celui-ci semblait être le dernier. Et son attitude suppliante désamorça subitement la rage glacée de l'Exécuteur. Tuer pour tuer n'avait jamais été son but. Il supprimait le mal, pas l'adversaire vaincu. Il laissa retomber la grenade dans sa caisse et coinça la mini-Uzi sous son bras droit, délaissant le gros AutoMag endommagé au bénéfice du Beretta. D'un signe, il commanda à Grimaldi de se poser.

Dans un nuage de fumée âcre et tournoyante, l'appareil toucha l'esplanade. Quelques graviers volèrent, cinglant le rescapé qui était resté là, paralysé, les bras toujours levés, et dardant sur le démon qui sautait de l'hélico un regard emprunt de terreur. Bolan lui fit signe du canon de l'Uzi.

— Casse-toi.

L'autre le regarda sans très bien comprendre. Bolan lâcha alors une courte rafale à ses pieds et le Cubain sauta sur place avant de se précipiter vers les arbres épargnés par l'explosion. Il disparut en moins de dix secondes. D'un autre signe, pouce levé, Bolan demanda à Grimaldi de redécoller. Pas question de faire courir le moindre risque à son ami. Celui-ci grimaça, n'obéissant qu'à contrecœur.

L'hélico n'était pas remonté de plus de cinquante mètres que l'Exécuteur s'était déjà précipité dans le hall de la villa dévastée. Il n'y avait plus rien debout. Les meubles de luxe étaient éventrés, les tableaux déchiquetés gisaient un peu partout. L'énorme lustre en bronze massif s'était écrasé au sol. Des flammes léchaient le dessous du monumental escalier en marbre et les grandes portes à doubles battants qui s'ouvraient de chaque côté avaient été dégondées par la puissance de l'explosion. Deux corps étaient recroquevillés devant l'une d'elles, baignant dans une impressionnante mare de sang. Uzi en batterie, Beretta bien en main, l'Exécuteur plongea dans l'ouverture béante et se plaqua aussitôt contre un mur, prêt à faire feu.

Grâce aux incendies de l'extérieur, il faisait presque clair. Des lueurs infernales flottaient dans le grand salon.

Sur l'immense tapis de Chiraz qui couvrait le plancher dans sa quasi-totalité, il y avait trois corps ensanglantés. L'un d'eux s'était figé dans une insolite pose d'officiant religieux. A genoux, tenant encore sa Thomson, il s'était cassé le buste sur la table basse en acier brossé. Dans sa chute, il avait brisé un gros bougeoir en cristal, s'empalant la gorge sur la partie demeurée verticale. Le tranchant ressortait dans sa nuque, luisant de son éclat naturel et du sang encore frais qui coulait de l'affreuse blessure. Près du canapé, assis dans une pose de relâchement douloureux, l'énorme Donato fixait sur l'Exécuteur des yeux dilatés et ternes. De sa bouche encore entrouverte sur un souffle chétif, s'échappaient des bulles rouges qui crevaient aux commissures des lèvres blêmes. Sur le devant de sa chemise, le sang d'une blessure invisible coulait à flots. Il tenait encore un gros Colt .45 automatique. Bolan leva l'Uzi. Alors dans un ultime sursaut d'énergie, le *caporegime* en fit autant avec le Colt. Il n'eut pas le temps d'appuyer sur la détente. La courte rafale de 9 mm lui scia le buste, le sciant littéralement en deux. Il rendit son dernier soupir, s'avachissant sur les jambes allongées de *Big-Rock*. Le « patron » de Detroit était affalé sur un canapé et n'avait pas bougé d'un millimètre depuis l'irruption de Bolan. A peine si ses yeux, jusqu'alors dirigés vers le plafond zébré de lueurs d'incendies, avaient quitté leur contemplation. Sa voix brutale était cassé, chuintante, comme s'il avait dans la bouche des choses qu'il ne pouvait avaler.

Surveillant ses mains, notamment le gros bandage de la droite qui reposait sur le canapé, l'Exécuteur s'approcha.

— Le grand Mack Bolan !... Enfoiré ! cracha alors *Big-Rock* avec difficulté. Les ordures que Donato a flinguées t'ont finalement baisé. C'est pas toi qui m'as eu, c'est eux. Des... des types de chez nous. Ils t'ont niqué, empaffé !

Malgré l'approche de la mort, il tentait encore de pérorer hargneusement, Bolan fit encore un pas, mais Rosario beugla, grimaçant de douleur :

— Me touche pas, fumier ! Une de ces ordures m'a collé un... pruneau dans les reins. Je suis foutu.

Il toussa un petit rire qui lui fit cracher du sang et Bolan remarqua qu'il était également blessé à l'abdomen.

— T'as eu tout le monde, hein, salopard ?
— Tout le monde, acquiesça Bolan.
— Et le vieux con aussi, hein ?
— Carnero aussi. Et tous tes *soldati*. Et tous les Cubains aussi. Il ne manque que les sous-fifres chinois et les « spécialistes » de New York.

Big-Rock tourna vers lui un regard où perçait son étonnement. Il graillonna :

— Va... chement renseigné. Hein, Bolan ?
— Assez bien, oui.
— Tes... spécialistes, les voilà. Les enculés qui m'ont eu et que... Donato a flingués. Les Chinetoques... de la merde. Mais... moi, tu m'as pas eu, connard. Pas eu...

Il eut une affreuse grimace de souffrance, se remit à contempler le plafond d'un air douloureux tandis que des borborygmes sourdaient de sa bouche vomissant le sang. Comme la plupart des blessés au ventre, *Big-Rock* allait mourir lentement. Trop. Bolan hésita. Il haïssait tous ceux qui appartenaient à la hideuse famille de *l'Organized Crime*. Au point de tuer depuis des années et sans relâche. Mais, là, devant ce moribond encore raidi de haine contre lui, il éprouva paradoxalement un étrange sentiment de pitié mêlé à une froide résolution. La guerre était une chose, le sadisme une autre. Il leva le Beretta, visa entre les deux yeux figés par la douleur et laissa tomber d'une voix extraordinairement calme :

— Si, Rosario. Je t'ai eu.

La détonation ponctua sa phrase. La tête de *Big-Rock* eut un soubresaut, disloquée au-dessus de la nuque, et retomba sur le dossier du divan. Son visage se couvrit d'un linceul pourpre parfaitement symbolique de ce qu'avait été la vie de Roberto Rosario, Parrain de Detroit.

Dans la grande maison sinistrée, l'Exécuteur eut le sentiment d'étouffer soudain. Il avait besoin d'air pur, de pluie qui lui laverait le corps et l'âme, de vent qui le sécherait. Sans un dernier regard vers *Big-Rock*, il quitta le vaste salon où flottaient de lourdes odeurs de fumée, de cordite et de sang, émergea sur la terrasse. Là-haut, dans l'aube naissante frangée de lourds nuages chargés d'averses à venir, le gros Kawasaki tournait inlassablement. A son apparition, l'appareil tomba comme une pierre, se stabilisa à dix mètres et poursuivit plus lentement sa descente pour venir atterrir en douceur. Grimaldi braqua discrètement un pistolet mitrailleur US M.3 pour couvrir Bolan en cas de pépin.

Dès que Bolan eut réintégré l'habitacle, l'hélico s'éleva de nouveau très rapidement. Quand il vira brusquement en direction du sud et de Detroit, l'incendie faisait rage en dessous et le jour se levait.

— Qu'est-ce qu'on fait ? demanda Grimaldi.
Bolan demeura songeur, puis :
— Tu as une bagnole, à l'aéroport ?
— Ben... oui. Pourquoi ?
— Parce que je ne veux plus me balader en ville avec le *van*.
Le pilote lui lança un regard indécis et inquiet par-dessus son épaule.
— Tu... tu veux dire que... t'as pas encore fini ?
L'Exécuteur sourit à son ami et laissa tomber du bout des lèvres :
— Pas complètement.

EPILOGUE

Juste avant le Fischer Express Way, qui traversait une partie de la ville en suivant le cours de la Detroit River, l'aube s'était transformée en petit matin frais. La pluie était tombée un moment, s'était arrêtée pour laisser place à un fragile rayon de soleil. Il n'était pas encore six heures et la circulation était nulle. Mack Bolan fit entrer la vieille Impala dans la cour proprette aux massifs de fleurs fringants, sauta à terre et grimpa le petit perron flanqué de deux lanternes. Il sonna à la porte à petits carreaux dépolis, attendit. Un long moment plus tard, une jeune femme revêche en blouse blanche et portant bonnet galonné lui ouvrit.

— Oui ? questionna-t-elle sèchement en toisant Bolan de ses petits yeux méfiants.

Son air fatigué, sa barbe, sa tenue défraîchie et sa blessure au front ne plaidaient pas en faveur de Bolan. Il planta son regard las dans celui de la cerbère et grogna :

— Je viens chercher Manuela Cortès.

La femme eut un haut-le-corps, afficha une mine réprobatrice et jeta avec acidité :

— Vous savez l'heure qu'il est ?
— Evidemment, assura Bolan. Elle m'attend à n'importe quelle heure.

Et il envoya à la femme en blanc un sourire si gentil qu'elle craqua d'un seul coup. Et puis, elle avait reçu des ordres. Elle bafouilla :

— Je... je vais voir.

Décidément, ce type lui faisait un drôle d'effet. Il avait l'air fatigué, presque au bout de son rouleau, et pourtant elle sentait en lui une vitalité extraordinaire. Comme si un feu intérieur l'animait, lui permettait de tenir encore debout. Un sacré drôle de type, et plutôt séduisant malgré la barbe qui lui mangeait les joues et ses yeux rougis par la fatigue. Et, pour une fois que la route trop tranquille de l'infirmière croisait celle d'un tel spécimen, c'était une autre qui allait en profiter... Elle eut une petite moue d'amertume en s'effaçant pour laisser passer le visiteur.

Bolan, lui, ne pensait qu'à une chose : quitter Detroit au plus vite et oublier pour un temps l'ouragan cauchemardesque qu'il y avait déclenché.

NE MANQUEZ PAS!...

 **HUNTER**

VIENT DE PARAITRE

15 janvier 86
ATTENTION
PROMOTION PRIX CHOC

-2F sur S.O.B. n°5

CAUCHEMAR EN SIBERIE

-2F sur force KNACK n°3

BAROUDEURS-KANGOUROUS

Les fantasmes de la Comtesse Alexandra

Après Malko, voici Alexandra.
Aux aventures dangereuses de S.A.S., Alexandra répond par ses aventures amoureuses. Elle nous livre enfin ses secrets, d'une plume gaie, acide, délicate et lucide.
Un univers intensément érotique...

Déjà chez votre libraire :
le n° 1 de cette nouvelle série.

LE CHÂTEAU

L'holocauste nucléaire tout le monde y pense...
C'est arrivé !
Après la Troisième guerre mondiale. C'est le chaos,
l'horreur, et aussi la lutte pour la vie.
Dans un pays ravagé, livré à la famine,
où des hordes de motards et d'assassins sèment la
terreur, un homme recherche sa femme et ses enfants.
Sa quête le mènera, dans cette Amérique
de cauchemar,... au bout de l'enfer.
Mais John Thomas Rourke n'a qu'un seul but,
continuer...
Il est

Chez votre libraire :

N° 1 Guerre totale*
N° 2 Le cauchemar commence
N° 3 L'escadron de fer
N° 4 Le cri de l'épervier
N° 5 Le piège

* Ce titre est vendu avec le Mercenaire n° 7
La loi du silence.

Hank Frost, soldat de fortune.

Par dérision,
l'homme au bandeau noir s'est surnommé

LE MERCENAIRE

Il est marié avec l'Aventure.
Toutes les aventures.
De l'Afrique australe à l'Amazonie.
Des déserts du Yémen
aux jungles d'Amérique centrale.
Sachant qu'un jour,
il aura rendez-vous avec la mort.

Déjà paru chez votre libraire :

N° 1 Œil pour œil
N° 2 Sang et mort au Guatemala
N° 3 Le commando du IVe Reich
N° 4 Piste sanglante
N° 5 L'ultimatum
N° 6 Raid sur l'Afghanistan
N° 7 La loi du silence *
N° 8 Le contrat de la terreur
N° 9 Les tueurs du Rio Négro
N° 10 Terminus Hong-Kong
N° 11 Coup de force à Moscou

* Ce titre est vendu avec Le Survivant n° 1
Guerre Totale.

*Achevé d'imprimer en janvier 1986
sur les presses de l'imprimerie Bussière
à Saint-Amand (Cher)*

— N° d'imprimeur : 3055. —
— N° d'éditeur : 11387. —
Dépôt légal : janvier 1986.

Imprimé en France